S0-CDQ-901

Bianca

Cathy Williams
Tempestuosa tentación

Editado por HARLEQUIN IBÉRICA, S.A.
Núñez de Balboa, 56
28001 Madrid

I.S.B.N.: 978-84-687-2736-3
Depósito legal: M-10182-2013
Editor responsable: Luis Pugni
Fotomecánica: M.T. Color & Diseño, S.L. Las Rozas (Madrid)
Impresión en Black print CPI (Barcelona)
Fecha impresion para Argentina: 2.12.13
Distribuidor exclusivo para España: LOGISTA
Distribuidor para México: CODIPLYRSA
Distribuidores para Argentina: interior, BERTRAN, S.A.C. Vélez
Sársfield, 1950. Cap. Fed./ Buenos Aires y Gran Buenos Aires,
VACCARO SÁNCHEZ y Cía, S.A.

Capítulo 1

LUIZ Carlos Montes miró el trozo de papel que tenía en la mano, comprobó que estaba en la dirección correcta y, desde la comodidad de su elegante deportivo negro, echó un vistazo a la casa y sus alrededores. Primero pensó que eso no era lo que había esperado, después que había sido un error ir allí en su coche. Le daba la impresión de que era el tipo de lugar en el que cualquier cosa de valor podía ser robada, estropeada o destrozada por simple diversión.

La pequeña casa adosada, iluminada por la farola, libraba una batalla perdida por ofrecer cierto atractivo. El diminuto jardín frontal estaba flanqueado a la izquierda por un cuadrado de cemento ocupado por desordenados cubos de basura, y a la derecha por un cuadrado similar en el que un coche oxidado languidecía, esperando atención. Más adelante había una hilera de negocios que incluían un restaurante de comida china para llevar, una oficina postal, una peluquería, una tienda de licores y una tienda de periódicos que parecía ser el punto de reunión para el tipo de jóvenes que Luiz sospechaba no dudarían en asaltar su coche en cuanto se alejara de él.

Por suerte no sintió ninguna aprensión al mirar al grupo de adolescentes encapuchados que había ante la tienda de licores. Medía un metro noventa y su cuerpo musculoso estaba en plena forma gracias a una rigurosa rutina de ejercicio y deporte cuando encontraba el momento. No le resultaría difícil meter el miedo en el cuerpo a cualquier grupo de adolescentes fumadores de cigarrillos.

Pero era lo último que necesitaba. Un viernes por la noche. En diciembre. Con la amenaza de nieve en el aire y un montón de correos electrónicos que requerían su atención antes de que el mundo entrara en punto muerto durante las fiestas navideñas.

Sin embargo, las obligaciones familiares eran insoslayables. Una vez visto el lugar, tenía que admitir que su misión, a pesar de su inconveniencia, era necesaria.

Resopló con impaciencia y bajó del coche. Era una noche gélida, incluso para Londres. La semana había estado caracterizada por fuertes heladas nocturnas. Una capa de escarcha cubría tanto el coche oxidado como las tapas de los cubos de basura de los jardines que flanqueaban la casa.

Se trataba del tipo de distrito que Luiz nunca visitaba, no necesitaba hacerlo. Cuanto antes solucionara el problema y saliera de allí, mejor.

Con eso en mente, pulsó el timbre hasta que oyó el ruido de pasos acercándose a la puerta.

Aggie estaba a punto de empezar a cenar cuando sonó el timbre y sintió la tentación de ignorarlo, entre otras cosas porque sospechaba quién podía estar pulsándolo. Su casero, el señor Cholmsey, había estado protestando por su retraso en el pago del alquiler.

–¡Siempre pago puntualmente! –había protestado

Aggie cuando la había llamado el día anterior–. Y solo llevo dos días de retraso. ¡No es culpa mía que haya huelga de correos!

Pero según él, sí lo era. Él le había hecho «el favor» de permitirle pagar por cheque, cuando el resto de sus inquilinos pagaban en metálico... Le había dicho que había gente en lista de espera para ocupar esa casa y que no tardaría un minuto en alquilársela a alguien más fiable. «Si no tengo el cheque mañana, tendrá que pagarme en metálico», había concluido.

No conocía al señor Cholmsey en persona. Había alquilado la casa por agencia hacía dieciocho meses y todo había ido de maravilla hasta que el señor Cholmsey había decidido ocuparse de sus propiedades sin intermediarios Desde entonces, Alfred Cholmsey se había convertido en un dolor de cabeza, que tendía a hacer oídos sordos cuando había que hacer reparaciones y le recordaba con frecuencia la escasez de propiedades en alquiler en Londres.

Temía que si no abría la puerta él encontraría la manera de poner fin al contrato de alquiler y echarla. Abrió la puerta con cautela y, sin quitar la cadena, empezó a hablar rápidamente para evitar que lo hiciera su odioso y desagradable casero.

–Lo siento mucho, señor Cholmsey, el cheque ya debería haber llegado. Lo anularé y mañana tendré el dinero en efectivo, se lo prometo –deseó que el hombre tuviera la cortesía de al menos situarse en su reducido campo de visión, en vez de quedarse a un lado, pero no tenía ninguna intención de abrir la puerta. En ese vecindario nunca se podía tener cuidado suficiente.

–¿Quién diablos es el señor Cholmsey y de qué demonios hablas? ¡Abre la puerta, Agatha!

La inconfundible y odiosa voz era ten inesperada que Aggie sintió la necesidad de desmayarse. ¿Qué hacía Luiz Montes allí? ¿Acaso no era lo bastante malo que en los últimos ocho meses hubiera investigado tanto a ella como a su hermano? Los había cuestionado con la débil excusa de la hospitalidad y «llegar a conocer al novio de mi sobrina y a su familia». Había hecho preguntas inquisitivas que se habían visto obligados a sortear y, en general, los había tratado como si fueran criminales en libertad condicional.

–¿Qué estás haciendo aquí?

–¡Abre la puerta! No voy a mantener una conversación contigo desde el umbral –Luiz no tuvo que esforzarse para imaginar su expresión. La había visto las suficientes veces con su hermano y su sobrina para darse cuenta de que desaprobaba todo lo que él representaba y decía. Se había opuesto a cada uno de sus argumentos; era defensiva, peleona y todo lo que él habría hecho lo posible por evitar en una mujer.

Como se había dicho numerosas veces, no se habría sometido a su compañía si su hermana, que vivía en Brasil, no lo hubiera puesto en la desagradable situación de interesarse por su sobrina y el hombre con el que tenía relaciones. La familia Montes tenía una enorme fortuna y Luisa le había dicho que investigar al tipo con el que salía su sobrina era una simple precaución. Aunque Luiz no creía que mereciese la pena, porque estaba seguro de que la relación fracasaría, había accedido a vigilar a Mark Collins y a su hermana, que parecía formar parte del paquete.

–¿Quién es el señor Cholmsey? –fue lo primero que dijo tras entrar en la casa.

Aggie cruzó los brazos y lo miró con resentimiento

mientras él miraba a su alrededor con el desdén que había llegado a asociar con él.

Cierto que era guapo, alto, poderoso y sexy. Pero desde el instante en que lo había visto se había sentido helada hasta los huesos por su arrogancia, su desprecio por Mark y por ella y su velada amenaza de que estaba observándolos y más les valía portarse bien.

—El señor Cholmsey es el casero. ¿Cómo has conseguido esta dirección? ¿Por qué estás aquí?

—No sabía que alquilabas. Soy un estúpido. Tenía la impresión de que erais copropietarios de la casa. ¿De dónde sacaría yo esa idea?

Posó en Aggie sus ojos oscuros y fríos.

—También tenía la impresión de que vivías en un lugar menos... desagradable. Otro craso error.

Aunque Luiz prefería a las morenas altas de piernas largas y carácter sumiso, no podía negar que Agatha Collins era muy bonita. Medía poco más de metro sesenta, tenía el pelo rizado y muy rubio y la piel suave como el satén. Sus ojos eran de color aguamarina, enmarcados por pestañas muy oscuras, como si el creador hubiera elegido un pequeño detalle y lo hubiera hecho muy distinto, para que destacara entre la multitud.

Aggie se sonrojó y se maldijo mentalmente por haber seguido el juego a su hermano y a Maria. Cuando Luiz había hecho su primera e indeseada aparición en sus vidas, había accedido a quitarle importancia a su situación financiera, guardándose de decir la verdad.

—Mamá insistió en que el tío Luiz investigara a Mark —le había dicho Maria—. Y él lo ve todo blanco o negro. Sería mejor si cree que sois... No exactamente ricos, pero tampoco pobres.

–Todavía no me has dicho qué estás haciendo aquí –dijo Aggie.

–¿Dónde está tu hermano?

–Él no está aquí, ni tampoco Maria. ¿Cuándo vas a dejar de espiarnos?

–Empiezo a pensar que mi espionaje empieza a dar dividendos –murmuró Luiz–. ¿Cuál de vosotros me dijo que vivíais en Richmond? –se apoyó en la pared y la miró con esos profundos ojos oscuros que siempre conseguían que su sistema nervioso entrada en caída libre.

–No dije que viviéramos en Richmond –se zafó Aggie con culpabilidad–. Probablemente te dije que paseábamos mucho por allí en bicicleta. Por el parque. No es culpa mía que te hayas hecho una idea equivocada.

–Yo nunca me hago ideas equivocadas –su escaso interés por la tarea que le había parecido innecesaria se multiplicó, convirtiéndose en sospecha. Ella y su hermano habían mentido sobre su situación financiera y probablemente habían convencido a su sobrina para que los apoyara. Para Luiz, eso solo apuntaba en una dirección.

–Cuando conseguí esta dirección, me extrañó que no coincidiera con lo que me habíais dicho –empezó a quitarse el abrigo mientras Aggie lo miraba con consternación.

Siempre que había visto a Luiz, había sido en algún restaurante de moda de Londres. Mark, Maria y ella habían sido invitados a la mejor comida italiana, tailandesa y francesa que se podía comer en la ciudad. Advertidos por Maria de que su tío lo hacía para evaluarlos, habían sido corteses pero evitado dar detalles personales.

A Aggie la había irritado la idea de que estuviera evaluándolos y más aún sospechar que no le habían parecido lo bastante buenos. Pero una cosa era aguantarlo en un restaurante; que apareciera en su casa era excesivo. La inquietaba que estuviera poniéndose cómodo.

–Podrías traerme algo de beber –sugirió él–. Mientras espero a tu hermano, podemos explorar las otras mentiras que me quedan por descubrir.

–¿Por qué es tan importante que hables con Mark? ¿No podías haber esperado? ¿Invitarlo a cenar para analizar sus intenciones otra vez?

–Por desgracia, las cosas han cambiado –pasó a la sala. La decoración no era mejor que la de la entrada. Las paredes eran color queso viejo, deprimentes a pesar de los pósters de películas que las adornaban. El mobiliario era una desagradable mezcla de muebles viejos y usados y modernos de mal gusto. En un rincón había una vieja televisión sobre una mesita de pino.

–¿Qué quiere decir «las cosas han cambiado»? –exigió Aggie. Él se sentó en un sillón.

–Supongo que sabes por qué he estado pendiente de tu hermano.

–Maria mencionó que su madre puede ser algo sobreprotectora –murmuró Aggie. Resignándose a que Luiz no iba a irse, se sentó frente a él.

Como siempre, se sentía mal vestida. En las ocasiones en las que la habían arrastrado a esos lujosos restaurantes, incluso con su mejor ropa, se había sentido desvaída y pasada de moda. En ese momento, con pantalones de chándal y un enorme jersey de Mark se sentía como un espantajo.

–Hay que ser prudentes. Cuando mi hermana me pidió que echara un vistazo a tu hermano, intenté convencerla de que no era buena idea.

–¿En serio?

–Claro. Maria es una cría, y a esa edad las relaciones duran poco. Es ley de vida. Estaba seguro de que esta relación sería como todas, pero al final accedí a informarme.

–Es decir: a interrogarnos sobre todos los aspectos de nuestra vida e intentar que cometiéramos errores –apuntó Aggie con acritud.

–Felicidades. Presentasteis un frente muy unido. Apenas sé nada personal sobre vosotros y empiezo a pensar que los pocos detalles que me habéis dado son una sarta de mentiras, empezando por dónde vivís. Me habría ahorrado tiempo y esfuerzo si hubiera contratado a un detective.

–Maria pensó que...

–Hazme un favor. No metas a mi sobrina. Vivís en un tugurio que alquiláis a un casero carente de escrúpulos. Apenas podéis pagar el alquiler. Dime, ¿alguno de los dos tiene trabajo? ¿O eso era otra invención?

–Me molesta que invadas mi casa.

–La casa del señor Cholmsey, si es que esto puede llamarse casa.

–¡Bien! Me molesta que la invadas y me insultes.

–Peor para ti.

–De hecho, ¡quiero que te vayas!

–¿Crees que he venido hasta aquí para irme cuando las preguntas empiezan a resultarte incómodas? –Luiz soltó una carcajada.

–No veo qué sentido tiene que te quedes. Mark y Maria no están aquí.

–He venido porque, como dije, las cosas han cambiado. Se habla de boda. Y eso no puede ser.

–¿Boda? –repitió Aggie incrédula–. Nadie ha hablado de boda.

–Puede que tu hermano no te haya hablado a ti. Tal vez ese frente unido no lo sea tanto.

–¡Eres el ser más horrible que he conocido!

–Creo que has dejado clara esa opinión siempre que nos hemos visto –comentó Luiz.

–¿Has venido a amenazar a mi hermano? ¿A Maria? Son jóvenes, pero mayores de edad.

–Maria pertenece a una de las familias más ricas de Latinoamérica.

–¿Disculpa? –Aggie lo miró confusa. Había sabido que Maria no era una estudiante que tuviera que trabajar los fines de semana para pagar su matrícula. Pero ¿de una de las familias más ricas de Latinoamérica? Por fin entendía que hubiera querido que ocultaran que eran gente normal con problemas para llegar a fin de mes.

–Bromeas, ¿verdad?

–En asuntos de dinero pierdo el sentido del humor –Luiz apoyó los codos en los muslos y la miró seriamente–. No había planeado ponerme duro, pero he empezado a echar cuentas y no me cuadran los resultados.

Aggie intentó, sin éxito, enfrentarse a su mirada oscura e intimidante. No entendía por qué siempre que estaba con ese hombre perdía la serenidad. Se sentía tensa, avergonzada y a la defensiva. Y eso le impedía pensar a derechas.

–No entiendo qué quieres decir –farfulló ella.

–La gente rica a menudo se convierte en objetivo –dijo Luiz con claridad–. Mi sobrina es muy rica y lo será aún más cuando cumpla los veintiuno. Ahora parece que la aventura que esperaba que acabara tras un par de meses se ha convertido en una propuesta de matrimonio.

–Sigo sin creerlo. Tus datos son erróneos.

–¡Créelo! Y lo que yo veo es a un par de cazafortunas que han mentido sobre sus circunstancias para intentar equivocarme.

Aggie palideció. Las mentirijillas estaban adquiriendo el tamaño de montañas. Entendía por qué él había llegado esa conclusión.

La gente honrada no mentía.

–Dime, ¿es verdad que tu hermano es músico? Porque lo he buscado en Internet sin éxito.

–¡Claro que es músico! Toca en un grupo.

–Adivino que el grupo no es importante, y por eso no aparece en Internet.

–¡Vale! ¡Me rindo! Puede que hayamos...

–¿Falseado la verdad? ¿Manipulado la verdad hasta hacerla irreconocible?

–Maria ya dijo que lo ves todo blanco o negro –Aggie alzó la barbilla y lo miró. Una vez más, la maravilló que esa impresionante belleza física ocultara un carácter tan frío, despiadado y brutal.

–¿Yo? ¿Blanco o negro? –se indignó Luiz–. ¡No he oído nada tan ridículo en toda mi vida!

–Dijo que cuando te formas una opinión, no la cambias. Nunca miras a tu alrededor ni te permites cambiar de dirección.

–¡Eso se llama firmeza de carácter!

–Pues es la razón de que no fuéramos honestos al cien por cien. No es que mintiéramos, simplemente no lo dijimos todo.

–Por ejemplo que vivís en un tugurio alquilado, que tu hermano canta en pubs de vez en cuando y que tú eres maestra, ¿o eso último también es una exageración creativa?

–Claro que soy maestra. De primaria. ¡Puedes comprobarlo si quieres!

–Eso ya da igual. No puedo permitir que haya boda entre mi sobrina y tu hermano.

–¿Y qué vas a hacer? –Aggie estaba atónita. Una cosa era desaprobar su elección y otra muy distinta obligarla a aceptar otra. Luiz, la madre de Maria y todos los miembros de su riquísima familia podían gritar, blasfemar, amenazar y retorcerse las manos, pero al final del día Maria era una persona y decidiría por sí misma.

Decidió no comentarle su opinión. Estaba claro que era de ideas fijas y que no sabía cómo vivía la otra mitad del mundo. De hecho, dudaba que hubiera estado en contacto con gente distinta de él hasta conocerles a Mark y a ella.

–Mira, entiendo que puedas tener alguna reserva respecto a mi hermano...

–¿Puedes? –preguntó Luiz con sarcasmo.

En ese momento se estaba fustigando por no haber sido más cuidadoso con ellos dos. No solía equivocarse en cuanto a las motivaciones de la gente y no entendía cómo se le habían escapado.

Su hermano era amable, atractivo y, en apariencia, abierto. Parecía capaz de defenderse de cualquiera: alto, musculoso y con el pelo rubio recogido en una coleta; su voz era grave y suave.

Agatha era tan bonita que se podría perdonar a cualquiera por mirarla embobado. Pero además, había sido directa y expresiva. Tal vez fuera eso lo que lo había engañado: la combinación de dos personalidades tan distintas. Quizás lo hubieran planeado así para hacerle bajar la guardia. O quizás él se hubiera despistado porque no había creído que la aventura con su sobrina tuviera futuro. Luisa siempre era muy protectora respecto a Maria y tal vez por eso no se había preocupado.

En cualquier caso, le habían mentido y eso, para él, solo podía significar una cosa.

—Sé lo que puede parecer que no fuéramos completamente abiertos contigo. Pero puedes creerme si te digo que no tienes nada que temer.

—Punto uno: el miedo es una emoción desconocida para mí. Punto dos: no tengo por qué creer nada de lo que digas. Así que contestaré a la pregunta que me hiciste antes: lo que voy a hacer.

Aggie empezó a enfurecerse, como siempre que lo veía, pero se esforzó por controlarse.

—Vas a hacerle una advertencia a mi hermano —suspiró ella.

—Pienso hacer mucho más —farfulló Luiz. Al ver su rubor pensó que era muy buena actriz—. Parece que te iría bien algo de dinero, y sospecho que a tu hermano también. El casero te acosa por no pagar el alquiler.

—¡Lo he pagado! —afirmó Aggie—. No es culpa mía que haya huelga de correo.

—Es obvio que lo que ganas como maestra no es suficiente —siguió Luiz, sin hacerle caso—. Acéptalo, si no podéis pagar el alquiler de este tugurio, no tenéis un penique. Así que mi oferta para hacer que tu hermano desaparezca de escena y de la vida de mi sobrina, te hará sonreír. De hecho, diría que te arreglará la Navidad.

—No sé de qué estás hablando.

Luiz pensó que habían sido esos enormes ojos azules los que lo habían despistado.

–Voy a daros a tu hermano y a ti suficiente dinero para iros de aquí. Podréis compraros una casa propia y vivir a lo grande, si es lo que queréis. Y sospecho que es así...

–¿Vas a pagarnos? ¿Para que desaparezcamos?

–Nombra tu precio. Tu hermano puede nombrar el suyo. Nadie me ha acusado de no ser un hombre generoso. Hablando de tu hermano, ¿cuándo volverá? –miró su reloj y alzó la vista. Ella estaba roja y tensa, clavaba los dedos en la silla y tenía los nudillos blancos. Era la viva imagen de la ira.

–No puedo creer lo que estoy oyendo.

–Seguro que te resultará fácil hacerte a la idea.

–¡No puedes comprar a la gente!

–¿No? ¿Quieres apostar? –sus ojos eran tan duros y fríos como la escarcha–. Sin duda tu hermano desea avanzar en su carrera. O disfrutar de los lujos de la vida. Sin duda conoce la situación financiera de mi sobrina desde el principio y entre los dos decidisteis que ella sería vuestro pasaporte a un estilo de vida más lucrativo. Ahora parece que quiere casarse con ella y así entrar por la puerta grande, pero eso no va a ocurrir ni en un millón de años. Creo que descubrirás que sí puedo comprar a la gente.

Aggie lo miró boquiabierta. Se sentía como si estuviera ante alguien de otro planeta. Se preguntó si los ricos siempre se portaban como si fueran los dueño de todo y de todos. Como si las personas fueran piezas en un tablero de ajedrez que podían mover o desechar a su antojo. Siempre había sabido que era despiadado y frío de corazón.

–¡Mark y Maria se quieren! Eso tiene que ser obvio para ti.

–Estoy seguro de que Maria se imagina enamorada. Es joven. No se da cuenta de que el amor es una ilusión. Necesito saber cuándo llegará tu hermano, quiero solucionar este asunto cuanto antes.

–No llegará –dijo Aggie con voz débil, sabiendo que no iba a gustarle nada la noticia–. Maria y él han decidido pasar unos días fuera. Algo repentino. Una escapada prenavideña...

–Dime que no hablas en serio.

–Se fueron ayer por la mañana.

–Fueron ¿adónde? –exigió él, poniéndose en pie y empezando a dar vueltas–. Y ni se te ocurra aprovecharte de tu imagen para engañarme.

–¿Aprovecharme de mi imagen? –Aggie notó que empezaba a arderle el rostro. Por lo visto, mientras estaba en esos restaurantes, sintiéndose incómoda como una golondrina entre pavos reales, él había estado evaluando su aspecto. Esa idea la puso muy nerviosa.

–¿Adónde han ido? –él se detuvo ante ella y Aggie alzó la vista, recorriendo el magnífico cuerpo cubierto con cara ropa hecha a medida, hasta llegar al rostro anguloso. Nunca había conocido a nadie que exudara poder y amenaza como él y lo usara en su beneficio.

–No tengo por qué darte esa información –afirmó ella, intentando no acobardarse ante él.

–Yo no jugaría a eso si fuera tú, Agatha. O me aseguraré de que tu hermano se encuentre sin trabajo en el futuro. Y no habría nada de dinero.

–No puedes hacer eso. Es decir, no puedes hacer nada para arruinar su carrera musical.

–Por favor, no me pongas a prueba.

Aggie titubeó. La certeza de su voz era tal que no le quedo duda de que su hermano perdiera el trabajo si no le decía lo que quería saber.

–De acuerdo. Han ido a un hotelito campestre en el Distrito de los Lagos –dijo ella con desgana–. Querían pasar unos días románticos rodeados de nieve y esa parte del mundo tiene un gran significado sentimental para nosotros –rebuscó en su bolso, que estaba en el suelo, y sacó la hoja de papel con la reserva–. Me dio esto porque incluye todos los detalles, por si necesitaba llamarlo.

–El Distrito de los Lagos. Han ido al Distrito de los Lagos –se pasó los dedos por el cabello, le quitó el papel y se preguntó si las cosas podían empeorar. El Distrito de los Lagos no estaba cerca, pero tampoco requería un vuelo. Consideró la posibilidad de pasar varias horas al volante, con mal tiempo, en una misión de rescate para su hermana, porque si pensaban casarse a escondidas no podía haber mejor momento o lugar que ese. Su otra opción era batallar con el sistema de transporte público, pero la desechó de inmediato.

–Haces que suene como si hubieran hecho un viaje a la Luna. Supongo que querrás llamar a Maria, pero sé que allí no hay cobertura de móvil. Tendrás que llamar al hotel. Ella te confirmará que no están a punto de casarse –Aggie se preguntó cómo iba a reaccionar su hermano cuando Luiz agitara un fajo de billetes ante sus narices y le dijese que se largara. Al tonto de Mark el hombre le caía bien y lo defendía siempre que Aggie mencionaba que la sacaba de quicio.

Se dijo que no era su problema; tenía que poner coto a su instinto maternal. Mark y ella habían estado muy unidos desde que, siendo niños, su madre falleció. A falta de padre y parientes, habían ido a un centro de acogida. Cuatro años menor que ella, él había sido un niño enfermizo y debilitado por el asma. Como una gallina clueca, había aprendido a cuidarlo y había puesto sus necesidades por delante de las propias. Ella había ganado fuerza y él había sido libre para ser un niño tranquilo y soñador que se había convertido en el mismo tipo de adulto, a pesar de que el cabello largo, el pendiente y el tatuaje en el hombro parecían anunciar otro tipo de persona.

—Bueno, supongo que te irás, ahora que sabes dónde están.

Luiz, pensativo, analizó la secuencia de eventos. Sobrina desaparecida. Novio desaparecido. Largo viaje para encontrarlos.

—No sé cómo no lo vi venir —comentó—. Unas vacaciones daban a tu hermano la oportunidad perfecta. Tal vez mi presencia lo alertó de que me opondría si quería casarse con mi sobrina. Tal vez comprendió que lo mejor era adelantar el evento: una boda de invierno. Muy romántico.

—¡Eso es lo más ridículo que he oído nunca!

—Me habría sorprendido que no dijeras eso. Pero no ocurrirá. Simplemente, tendremos que llegar a su escondrijo romántico antes de que tengan tiempo de hacer una tontería.

—¿Tendremos?

—Bueno, no pensarás que voy a ir solo y dejarte aquí para que telefonees a tu hermano y lo avises de mi llegada, ¿verdad?

—¡Estás loco! No iré contigo a ningún sitio, Luiz Montes.

—Tengo mejores cosas que hacer un viernes por

tarde, pero es inevitable. Supongo que llegaremos mañana a mediodía, así que prepara un bolso de fin de
semana, rápido. Tendré que pasar por mi casa a reco-
ger algunas cosas.

–¡No me estás escuchando!

–Corrección. Te oigo. Pero estoy ignorando tus palabras, porque no cambiaré mis intenciones.

–¡Me niego a seguir con esto!

–Hay dos opciones. Plan A: vamos, hablo con tu
hermano, le ofrezco dinero. Tras el llanto inicial, todo
el mundo es feliz. Plan B: envío a mis hombres a
traerlo de vuelta a Londres, donde descubrirá que la
vida puede ser muy incómoda cuando es imposible
trabajar. Haré correr la voz en el mundo musical de
que es un indeseable. Te sorprendería la amplitud de
mis conexiones. Es inmensa. Adivino que, para su leal
y abnegada hermana, la opción B es difícil de tragar.

–Eres... eres...

–Sí, sí. Sé lo que piensas de mí. Tienes diez minutos para prepararte y salir por la puerta. Si no lo haces,
entraré a buscarte. Mira el lado positivo, Agatha, ni
siquiera te estoy pidiendo que faltes al trabajo. Estarás
de vuelta el lunes por la mañana, sana y salva y con
una cuenta bancaria muy saneada. ¡Y nunca tendremos que volver a vernos!

Capítulo 2

ME PARECE increíble que me hayas chantajeado para hacer esto –fue lo primero que dijo ella cuando salió, con un bolso de viaje en la mano.

–¿Chantaje? Prefiero llamarlo persuasión –Luiz se apartó de la pared en la que había estado apoyado mientras calculaba el trabajo que iba a perderse y pensando que su cita para la noche siguiente no iba a alegrarse nada por su súbito viaje. No le importaba mucho. Había tenido cuatro citas con Chloe Bern y en la quinta le había dicho, amablemente, que las cosas entre ellos no funcionaban. Ella no se lo había tomado nada bien. Iba a ser la sexta vez que la viera, con el fin de repetirle lo que le había dicho la quinta.

Aggie resopló con desdén. Había buscado con desesperación una escapatoria, sin encontrarla. Sabía que las amenazas de Luiz no eran vanas. Por el bien de su hermano, no tenía más opción que acceder al viaje y estaba ardiendo de ira.

Afuera hacía un tiempo de lo más desapacible. Frío gélido y silencio amenazador. Siguió a Luiz y carraspeó al ver el lujoso coche.

–Vas a decirme –aventuró Luiz, sentándose ante el volante y esperando a que ella se pusiera el cinturón–, que esto es un juguete típico de alguien con más dinero que sentido común. ¿Acierto?

–Se diría que lees el pensamiento –dijo Aggie.

–No leo el pensamiento, pero recuerdo las conversaciones que hemos tenido en el pasado –giró la llave y el motor del deportivo ronroneó.

–No puedes recordar todo lo que te he dicho –murmuró Aggie, incómoda.

–Todo. ¿Por qué crees que estoy tan seguro de que nunca mencionaste que alquilabas este cuchitril? –la miró de reojo–. Dudo que tu hermano aporte mucho a la economía familiar –esa reflexión lo llevó a preguntarse quién estaría costeando la escapada romántica. Si Aggie apenas ganaba lo suficiente para vivir bajo techo, era lógico pensar que Mark ganaría aún menos cantando en pubs. Apretó la mandíbula al pensar que Maria era ya la gallina de los huevos de oro.

–No puede –admitió Aggie con desgana–. Pero no me importa.

–Eso es muy generoso de tu parte. La mayoría de la gente no estaría dispuesta a cuidar de su hermano pequeño cuando es capaz de cuidarse solo –ambos habían evadido dar detalles sobre el trabajo de Mark, y Luiz no había investigado. Se había conformado con comprobar que su sobrina no salía con un asesino en potencia, un drogadicto o un criminal escapado de la cárcel–. Así que trabaja en un bar y de vez en cuando toca con un grupo. Puedes decirme la verdad, Agatha; ya no tiene sentido guardar secretos

–Sí, trabaja en un bar y tiene una actuación cada dos o tres semanas. Pero su talento es componer canciones. Te sonará a cuento chino, porque sospechas de todo lo que digo...

–Con motivo, como se ha demostrado.

–Pero es un gran compositor. A veces por la noche,

cuando estoy leyendo o preparando clases, se sienta en el sofá con la guitarra y trabaja en una canción, una y otra vez, hasta que le parece perfecta.

–Y nunca me lo mencionaste antes porque...

–Estoy segura que Mark te dijo que disfrutaba escribiendo canciones.

–Me dijo que era músico. Mencionó que conocía a gente del espectáculo. Dio la impresión de ser un músico bien establecido con una carrera en alza. No creo haberte oído contradecirlo nunca.

Era un tipo encantador pero sin un duro, y eso no era un inconveniente pasajero. Estaba sin blanca porque vivía en un mundo irreal de rasguear guitarras y garabatear en papel pautado.

En retrospectiva, Luiz entendía que Maria se hubiera enamorado de él. Provenía de una familia muy adinerada y los chicos a los que conocía siempre tenían dinero. Muchos de ellos trabajaban, o estaban destinados a trabajar, en empresas familiares. Un músico, con una libreta y una guitarra al hombro, que servía cócteles en un bar era una tentación anunciada. No era extraño que hubieran optado por manipular la verdad. Maria era lo bastante lista para saber que la situación real lo habría alarmado.

–Estoy muy orgullosa de mi hermano –dijo Aggie–. Es importante que la gente encuentre su camino, aunque imagino que eso no va contigo.

–Puede ir conmigo, si no afecta a mi familia.

Poco después llegaron a una plaza formada por elegantes casas victorianas de ladrillo rojo y un parque privado en el centro.

Ni su hermano ni ella habían estado en casa de Luiz. La evidencia de riqueza era apabullante. Aparte

de los carísimos bolsos de Maria, que ella había justi-
ficado como una pasión que podía permitirse porque
a su familia «no le iba mal», nada les había hecho pensar que eran millonarios.

Aunque siempre iban a restaurantes lujosos y caros, Aggie no había imaginado el estilo de vida que
llevaba Luiz. Comprendió que el abismo que había
entre su familia y la de Luiz era tan vasto que plantearse cruzarlo le daba dolor de cabeza.

A su pesar, comprendió por qué la madre de Maria
le había pedido a Luiz que vigilara la situación y también la reacción de este al descubrir que no lo habían
informado de sus circunstancias reales. Se equivocaba
respecto a ellos, pero seguramente había sido educado
en la desconfianza como forma de protección.

–¿Vas a bajar del coche? –le dijo Luiz, ya fuera–.
¿O vas a quedarte ahí boquiabierta?

–¡No estoy boquiabierta! –Aggie bajó, cerró la puerta
y lo siguió a una casa de cuatro plantas que, con sus
suelos de mármol pálido, cuadros y escalera con ba-
laustrada, la dejó sin aire.

Él entró en una habitación que había a la derecha.
Tras unos segundos de titubeo, Aggie lo siguió. Luiz
se quitó el abrigo y, aflojándose la corbata, fue a comprobar el contestador.

Ella aprovechó para mirar a su alrededor: propor-
ciones majestuosas, el mismo suelo de mármol y alfombras de seda rosa. Los asientos eran de cuero claro
y las cortinas de terciopelo de un tono más oscuro que
el de las alfombras.

Captó que él escuchaba lo que parecían llamadas
de negocios hasta que, en el último mensaje, una sensual voz de mujer le recordaba su cita del día siguiente

y decía que no podía esperar. Aggie aguzó los oídos; sabía muy poco de él.

No estaba casado. Maria había mencionado que toda la familia estaba deseando que pusiera fin a su soltería. Por lógica, tendría novia; era imposible que alguien tan cotizado como Luiz Montes no la tuviera. Lo miró de reojo, preguntándose qué aspecto tendría la propietaria de esa voz tan grave y sexy.

—Voy a darme una ducha rápida. Bajaré en diez minutos y nos pondremos en marcha.

Aggie volvió al presente. Se había ruborizado mientras especulaba sobre su vida privada.

—Estás en tu casa. Explora si quieres —le dijo Luiz con voz seca.

—Estoy bien aquí, gracias —se sentó al borde de un sofá de cuero y puso las manos sobre el regazo.

—Como quieras.

Pero en cuanto él salió, empezó a explorar como una niña en una juguetería, observando los valiosos objetos de arte que había por todas partes: una bonita figura de bronce de dos felinos sobre el aparador; un par de jarrones chinos de alguna cotizada dinastía; un cuadro abstracto cuya firma intentó descifrar.

—¿Te gusta lo que ves? —preguntó Luiz a su espalda.

—Nunca había estado en un sitio como este —se defendió Aggie, roja como la grana.

Se le secó la boca al mirarlo. Llevaba unos vaqueros negros y un jersey de rayas grises y negras. Debajo llevaba una camisa de franela gris. Siempre lo había visto con traje, como si acabara de salir del trabajo. Pero vestido de sport estaba increíblemente sexy.

—Es una casa, no un museo. ¿Nos vamos? —apagó la luz y sacó el teléfono móvil para pedirle al chófer que llevara el todoterreno a la puerta.

–Mi casa es una casa –lo corrigió Aggie, mientras esperaban al coche.

–No. Tu casa es un cuchitril. El casero se merece que le den un tiro por cobrar alquiler por ese sitio. Puede que no lo hayas notado, pero vi grietas indicativas de humedad y manchas en el techo; aparecerán goteras antes o después.

El reluciente todoterreno negro se detuvo ante ellos, y el chófer de Luiz se bajó.

–No puedo hacer nada al respecto –rezongó Aggie, subiendo al asiento del pasajero–. Vives en un mundo distinto al mío... al nuestro. Es casi imposible encontrar un alquiler barato en Londres.

–Hay una gran diferencia entre barato y peligroso. Piensa en lo que podrías comprar si tuvieras dinero en el banco –maniobró para alejarse de la acera–. Una casa agradable en un buen barrio, con un pequeño jardín trasero... Te gusta la jardinería, ¿no? Creo que es una de las cosas que mencionaste, aunque no sé si decías la verdad o mentías para dar buena impresión.

–¡No mentía! Me encanta la jardinería.

–Los jardines londinenses suelen ser pequeños, pero se pueden conseguir, si se paga el precio.

–¡No aceptaría un penique tuyo, Luiz Montes!

–No lo dices en serio.

–¡No me interesa el dinero! –clamó ella, indignada por su incredulidad. Miró su perfil aristocrático y sintió que se le iba la cabeza.

–Llámame cínico, pero no conozco a nadie a quien no le interese el dinero. Aunque digan que el dinero no compra la felicidad y que lo mejor de la vida es gratis, les gustan las cosas que se consiguen con el dinero. Dime que no disfrutaste de esas comidas en restaurantes de lujo.

–Sí las disfruté, pero no las echaría de menos.

–¿Y tu hermano? ¿Es tan noble como tú?

–No somos materialistas, si te refieres a eso. Lo conoces. ¿Te dio la impresión de ser la clase de persona que estaría con Maria por lo que pudiera sacarle? ¿Es que no te cayó bien?

–Me cayó bien, pero no se trata de eso.

–Se trata de que Maria puede salir con alguien de otro entorno siempre que no haya peligro de relación seria, porque solo se le permitirá casarse con alguien de su misma clase social.

–Lo dices como si tuviera algo de malo.

–No quiero hablar de eso. No serviría de nada –observó el denso tráfico. A ese ritmo no saldrían de Londres hasta medianoche–. ¿Podrías decirme una cosa?

–Te escucho.

–¿Por qué no pusiste fin a su relación desde el principio? Es decir, ¿por qué te molestaste en llevarnos a comer y a cenar tantas veces?

–No tenía por qué interferir. Al menos en principio. Me habían pedido que estuviera atento, que conociera a tu hermano y, de paso, a ti porque sois uña y carne –no añadió que había disfrutado de su compañía y con la de su sobrina. Le había gustado escuchar a Mark y Maria hablarle de cine y de música. Y le había gustado aún más cómo Aggie discutía con él y el reto que le había supuesto intentar que se riera. Había supuesto un agradable contraste con los extravagantes eventos sociales a los que solían invitarlo

–No somos uña y carne. Estamos unidos porque... –no quiso mencionar su pasado en centros de acogida, que le habían ocultado.

–¿Es porque perdisteis a vuestros padres?

–Sí, así es –casi al principio de conocerlo, le había comentado de pasada que sus padres habían fallecido y había cambiado de tema. No era sino otra media verdad que incrementaría su suspicacia.

–Además, pensaba que mi hermana estaba exagerando. Maria es hija única y sin padre. Luisa es muy dada a preocuparse sin razón.

–No te imagino aceptando órdenes de tu hermana.

–No dirías eso si conocieras a Luisa o cualquiera de mis cinco hermanas –se rio y Aggie se quedó sin aire porque, por primera vez, le parecía una risa genuina.

–¿Cómo son?

–Todas mayores que yo y todas mandonas –sonrió–. Es más fácil rendirse que llevarles la contraria. Con seis mujeres en la familia, mi padre y yo no nos molestamos en intentar discutir. Sería más fácil organizar una batalla terrestre en Asia.

Ese atisbo de humanidad desconcertó a Aggie. Pero recordó que ya había visto indicios de ella antes. Como cuando contaba alguna anécdota con ironía y ella, conteniendo la risa, olvidaba lo desagradable que lo consideraba. Si bien podía ser odioso, crítico e injusto y representar muchas cosas que la disgustaban, era innegable que era uno de los hombres más inteligentes que había conocido en su vida y, cuando quería, uno de los más amenos. Había conseguido olvidar todo eso pero, estando con él a solas, lo estaba recordando rápidamente; hizo un esfuerzo para no distraerse.

–No pude evitar oír esos mensajes telefónicos en la casa –dijo con voz cortés.

–¿Mensajes? ¿De qué estás hablando?

–Muchas llamadas de trabajo. Adivino que estás sacrificando tiempo de trabajo para esto; a no ser que no trabajes en fin de semana.

–Si pretendes utilizar esos mensajes como excusa para que renuncie a este viaje, olvídalo.

–No pretendía nada. Lo decía por cortesía.

–En ese caso, puedes estar segura de que no hay nada que no pueda esperar al lunes. Llevo mi móvil y si hay algo urgente podré solucionarlo.

–¿Y qué hay del otro mensaje? Tendrás que renunciar a una cita mañana por la noche, ¿no?

–Eso también tiene solución –Luiz se tensó.

–Me sentiría muy culpable si no fuera así.

–No te preocupes de mi vida privada, Aggie.

–¿Por qué no? Tú te preocupas de la mía.

–Eso es distinto, ¿no crees? Que yo sepa, a mí no me han cazado intentando timar a alguien. No es mi vida privada la que está bajo los focos.

–¡Eres imposible! ¡Tan estrecho de miras! ¿Sabías que fue Maria la que persiguió a Mark?

–Hazme el favor...

–Es cierto –insistió Aggie–. Mark tocaba en un pub y ella estaba allí con sus amigas. Después de la actuación fue a verlo, le dio su número de teléfono y le pidió que la llamara.

–Me cuesta creerlo, pero supongamos que es verdad. No veo qué importancia tiene quién persiguiera a quién, el resultado final es el mismo. Una heredera es una opción muy lucrativa para tu hermano –encendió la radio y puso las noticias.

El parte meteorológico anunciaba nieve y todo el

mundo intentaba volver a casa antes de que empezara. A eso se debía el caos de tráfico.

Aggie cerró los ojos y se recostó. Estaba hambrienta y agotada; intentar convencer a Luiz era como golpear la cabeza contra una pared.

El sonido de una voz grave y urgente la despertó. No sabía cuánto tiempo había dormido. Luiz hablaba por teléfono y no parecía estar disfrutando de la conversación. Se enderezó, conteniendo un bostezo, y se dio cuenta de que la voz que sonaba al otro lado de la línea era la misma que había oído en el contestador. La voz aterciopelada de la mujer se había vuelto aguda y chillona; podía oír cada palabra.

—No es el momento adecuado para hablar... —decía Luiz con tono irritado y urgente.

—¡No te atrevas a colgar! ¡Seguiré llamando! ¡Me merezco algo mucho mejor que esto!

—Y por eso deberías agradecerme que ponga fin a nuestra relación, Chloe. Es cierto que te mereces a alguien mucho mejor que yo.

Aggie volvió los ojos hacia arriba. Ese era el viejo truco que usaban los hombres para dejar una relación con la conciencia tranquila. Asumían la culpabilidad, convencían a la pobre desventurada de que la ruptura era por su bien, y se iban como si hubieran hecho su buena obra del día.

Escuchó mientras Luiz, resignándose a una conversación que ni había iniciado ni quería, explicaba por qué no funcionaban como pareja.

Siempre lo había visto sereno, seguro y con absoluto control de sí mismo y de su entorno. La gente le prestaba atención y siempre tenía el aire de mando de la gente influyente y poderosa. Pero no era ese hombre cuando puso fin a la llamada; se oían insultos virulentos al otro lado de la línea.

—¿Y bien? —exigió con voz áspera—. Estoy seguro de que tienes una opinión sobre lo que, por desgracia, has tenido que oír.

—Has roto con alguicn y lo lamento —dijo ella, avergonzada porque había sido una conversación muy personal—. Se pasa mal cuando una relación acaba, sobre todo si se ha invertido en ella, pero no quiero hablar del tema. Es asunto tuyo.

—Eso me gusta.

—¿El qué?

—Tus amables palabras de consuelo. Créeme, nada podría haberme hecho cambiar de humor con tanta eficacia como oír eso.

—¿De qué estás hablando? —preguntó Aggie, confusa. Lo miró y vio que sonreía divertido.

—No muero de dolor de corazón —le aseguró él—. De hecho, si has escuchado, he sido yo quien ha instigado la ruptura.

—Ya —aceptó Aggie—. Pero eso no implica que no te haya dolido.

—¿Hablas por experiencia?

—Pues sí, la verdad.

—Eso lo creo —farfulló Luiz—. ¿Por qué lo dejaste? ¿No era lo bastante hombre para bregar con tu naturaleza terca y argumentativa?

—¡No soy ninguna de esas cosas! —Aggie enrojeció.

—En eso no estamos de acuerdo.

—Solo discuto contigo, Luiz Montes. Tal vez porque me has llamado mentirosa y oportunista, y nos acusas a mi hermano y a mí de querer aprovecharnos de tu sobrina.

–No has hecho más que discutir conmigo desde el segundo en que me conociste. Has hecho comentarios sobre cada restaurante, sobre el valor del dinero, sobre la gente que cree que puede dirigir el mundo a base de talonario... Has cubierto todos los frentes para expresar tu desaprobación de la riqueza; aunque ahora veo que tu intención era despistarme. Pero dejemos eso ahora. ¿Por qué dejaste a ese pobre tipo?

–Si insistes en saberlo –dijo Aggie, en parte porque discutir era agotador y en parte para hacerle saber que Stu no la había considerado argumentativa–, se volvió demasiado celoso y posesivo, dos rasgos que me disgustan mucho.

–Asombroso. Tenemos un punto en común.

–¿Qué quieres decir?

–Chloe pasó de la amabilidad a la exigencia en un tiempo récord –por fin habían dejado Londres y Luiz comprendió que a no ser que condujeran toda la noche, tendrían que descansar en algún punto de la ruta. Además, estaba empezando a nevar–. Eso no me gusta nada.

Miró a Aggie y volvió a asombrarlo lo femenino de su aspecto. Suponía que los tipos se dejaban embobar y luego descubrían el gato salvaje que había tras la fachada angelical. Sin duda, había sido el cerebro en lo que fuera que habían planeado su hermano y ella. No le había pasado desapercibida su aguda inteligencia. Cuando dejaba de discutir, era una mujer con la que un hombre podía conversar, y eso era algo. En cualquier caso, Luiz no solía dedicar tiempo a la conversación cuando estaba con mujeres, había formas más entretenidas de pasar el rato.

En general, las mujeres con las que había salido no despertaban su curiosidad. Eran ricas, famosas y de impecable clase. Tenía treinta y tres años y nunca se había desviado de esa norma.

Con el trabajo siempre como foco central, había sido muy fácil entrar y salir de relaciones con mujeres socialmente aceptables. En un mundo en el que la ambición y la avaricia aparecían a cada paso, tenía sentido evitar las citas con cualquiera que pudiera entrar en esa categoría. Que ninguna de las mujeres de su pasado hubiera conseguido captar su atención durante más de diez minutos no lo molestaba. Sus hermanas, excepto dos, habían cumplido con la obligación de tener descendencia, dejándolo libre para vivir a su aire.

—¿Qué quieres decir? ¿Que en cuanto una mujer busca compromiso das marcha atrás? ¿Ese ha sido el pecado de tu exnovia?

—Nunca hago promesas que no puedo cumplir —dijo Luiz con frialdad—. Soy honesto con las mujeres; no quiero relaciones largas. Chloe, por desgracia, en algún momento del juego decidió que las reglas podían cambiar. Tendría que haberme dado cuenta, claro —murmuró para sí—. En cuanto una mujer empieza a hablar de querer pasar la noche en casa y jugar a las familias, las campanas de alarma deberían empezar a sonar.

—¿Y no sonaron? —Aggie estaba pensando que querer pasar alguna noche en casa no sonaba a sueño imposible ni a propuesta de matrimonio.

—Era muy bella —concedió Luiz con una risa.

—¿Por eso salías con ella? ¿Por su aspecto?

—Creo en el poder de la atracción sexual.

—Eso es muy superficial.

—¿No te gusta el sexo? —Luiz volvió a reírse.

—¡Eso no es asunto tuyo! —Aggie enrojeció.

—A algunas mujeres no les gusta —insistió Luiz. Era

la primera vez que la tenía para él solo, sin la presencia de Mark y su sobrina. Pensaba aprovechar el tiempo para descubrir cuanto pudiera sobre ella y su hermano pero, por el momento, también podía entretenerse intentando atravesar su defensiva coraza exterior para averiguar qué le gustaba–. ¿Eres una de ellas?

–Opino que el sexo no es lo más importante en una relación.

–Seguramente porque no has experimentado buen sexo.

–¡Eso es lo más ridículo que he oído nunca! –protestó. Estaba acalorada y le costaba respirar.

–Espero no estar avergonzándote...

–No estoy avergonzada. Me parece una conversación de lo más inapropiada.

–¿Por...?

–Porque no quiero estar aquí. Porque me estás arrastrando a ver a mi hermano para acusarlo de ser un oportunista y darle dinero para que abandone. Porque crees que puedes comprarnos.

–Cierto, pero estamos aquí y no podemos mantener las hostilidades indefinidamente –puso en marcha el limpiaparabrisas–. Odio decírtelo, pero nuestro viaje podría durar más de lo previsto.

–¿Qué quieres decir?

–Mira hacia delante. Hay mucho tráfico y ha empezado a nevar. Puedo conducir una hora más, pero después es muy probable que tengamos que parar a dormir. Ten los ojos abierto. Voy a desviarme hacia el pueblo más próximo y buscaremos un sitio donde pasar la noche.

Capítulo 3

AL FINAL, ella tuvo que consultar la web en el teléfono de él, porque parecían estar en una zona sin hoteles.

–Es una de las razones por las que procuro no salir de Londres –masculló Luiz con frustración–. Por los grandes espacios vacíos. Ni siquiera hay un hotel medio decente por lo que se ve.

–La mayoría de la gente sale de Londres precisamente por eso.

–Hay gustos para todos. ¿Qué has encontrado? –habían dejado el tráfico atrás y solo tenía que pelear con la carretera helada y la abundante nieve que limitaba la visibilidad.

–Te decepcionará saber que no hay hoteles de lujo, pero sí un hostal a unos ocho kilómetros, muy bien calificado. Hay que desviarse un poco, pero es lo único que he encontrado.

–Dirección –la tecleó en el sistema GPS y se relajó al pensar que podría descansar–. Léeme lo que dice sobre ese sitio.

–Supongo que no te lo han dicho antes, pero hablas a todos como si fueran tus criados. Esperas que hagan lo que quieres sin cuestionarlo.

–Estaría de acuerdo –farfulló Luiz–, excepto porque tú no encajas en esa categoría y eso da al traste con tu argumento. Te pido que me leas la información del hostal y lo harás, pero no sin antes dejar claro que te molesta la petición; y te molesta únicamente porque la hago yo. Antes de acusar a alguien de verlo todo o blanco o negro hay que asegurarse de que uno no hace lo mismo.

—Cinco dormitorios, dos con baño privado, una sala de estar. El precio incluye desayuno inglés. También hay un bonito jardín, pero eso da igual con este tiempo —dijo Aggie con rabia—. Yo no tengo prejuicios, ¡soy de mente muy abierta!

—Cinco dormitorios. Dos con baño privado. ¿No hay nada menos básico en las inmediaciones?

—Estamos en el campo —dijo Aggie tersa. La molestaba que hubiera ignorado su defensa—. No hay hoteles de cinco estrellas, si te refieres a eso.

—La verdad, entiendo tu hostilidad hacia mí, pero no hacia toda muestra de riqueza. La primera vez que te vi, dejaste claro que los restaurantes caros eran un desperdicio de dinero cuando había gente en el mundo muriéndose de hambre. En fin, mejor no iniciar otra discusión sin sentido —murmuró Luiz, inclinándose hacia delante. Nevaba mucho—. Ya es bastante difícil ver la carretera. Estate atenta por si hay algún cartel.

Era obvio que Luiz no tenía ningún interés personal en ella, solo quería proteger el dinero de su familia, así que a Aggie no tendrían que afectarla sus palabras, sin embargo, había hecho que se sintiera como una hipócrita.

—Siento no poder ofrecerme a compartir la conducción —masculló, para enmascarar su confusión—. Pero no tengo mi carnet de conducir.

—No dejaría que condujeras aunque lo tuvieses.

–¿Porque las mujeres necesitan protección? –preguntó ella con media sonrisa.

–Porque tendría un ataque de nervios –dijo él.

–Eso es muy machista –Aggie, a su pesar, tuvo que contener una risita.

–Veo que me conoces. No soy buen copiloto.

–Seguramente porque te crees en la necesidad de controlarlo todo –señaló Aggie–. Y supongo que siempre tienes el control, ¿no?

–Me gusta tenerlo –Luiz redujo la velocidad. Aunque el coche tenía doble tracción, la carretera era muy peligrosa–. ¿Ahora vas a perder el tiempo intentando analizarme?

–¡Ni en sueños! –negó ella, aunque lo analizaba febrilmente. La curiosidad por la forma de ser de ese hombre tan complejo la reconcomía. Se preguntó si su necesidad de control no sería una obligación heredada. Era el único hijo varón de un magnate latinoamericano. ¿Lo habrían educado para que se considerase soberano de cuanto lo rodeaba? No era la primera vez que se descubría pensando en él, y eso la incomodó.

–Bueno, llegamos.

Estaban en un pueblo que consistía en un puñado de tiendas rodeadas por las típicas casitas de la campiña inglesa. El hostal era una casa semiadosada con un cartel, apenas visible bajo la nieve, moviéndose al viento.

Era muy tarde y las calles estaban desiertas. Incluso el hostal estaba a oscuras, exceptuando dos luces exteriores que a duras penas iluminaban la entrada. Luiz, con un suspiro de resignación, aparcó y apagó el motor.

–Es maravilloso –dijo Aggie, admirando la piedra amarillo crema y las ventanas emplomadas. Podía imaginar el derroche de color en verano, en el jardín lleno de flores y abejas zumbonas.

–¿Disculpa? –Luiz se preguntó si estaban mirando la misma casa.

–Preferiría no estar aquí contigo, claro –puntualizó Aggie–. Pero es preciosa. Sobre todo con nieve en el jardín y el tejado.

Abrió la puerta y bajó del coche. Una vez fuera, abrió los brazos y echó la cabeza hacia atrás para que la nieve le cayera en el rostro.

Luiz, que iba a agarrar el equipaje, hizo una pausa para mirarla. Parecía joven, vulnerable e inocente; una niña emocionada por la nieve.

«Da igual lo que parezca», pensó para sí. Era bonita, eso lo había sabido desde la primera vez que le había puesto la vista encima. El mundo, sobre todo el suyo, estaba lleno de mujeres bonitas más que dispuestas a lanzarse a sus brazos.

Aggie empezó a caminar hacia la casa, hundiendo los pies en la nieve. Se volvió al oír la puerta del coche cerrarse. Luiz sujetaba su caro bolso de viaje en una mano y en la otra el de ella, viejo y barato, que había tenido desde los catorce años. Su aspecto era muy incongruente.

Aunque no veía su expresión, suponía que lo desconcertaba verse en un mundo tan distinto del suyo. Un pequeño hostal con solo dos dormitorios con baño privado debía de parecerle una historia de horror. Si a eso añadía el esfuerzo de seguir siendo cordial con la hermana del oportunista sin escrúpulos que quería sacarle el dinero a su sobrina, debía sentirse inmerso en su peor pesadilla. Aggie se inclinó, agarró un puñado de nieve y formó una bola.

Volcó toda su ira y frustración contra él y contra sí misma en el lanzamiento. Contuvo el aliento cuando la bola de nieve trazó un arco en el aire y con certera puntería, se estrelló en el centro de su ancho y musculoso pecho.

No habría sabido decir quién se sorprendió más. Si ella por haberla lanzado, o él por recibir el impacto de una bola de nieve por primera vez en su vida. Sin esperar su reacción, fue hacia la puerta, diciéndose que él se lo había merecido.

Era un hombre ofensivo e insultante. Los había acusado a ella y a su hermano de todo lo peor, sin plantearse siquiera la posibilidad de equivocarse. Sin embargo, no se atrevió a mirar atrás por miedo a su reacción al pequeño acto de rebeldía.

–¡Buen tiro! –lo oyó gritar.

Se daba la vuelta cuando sintió el impacto frío de su venganza. Ella le había lanzado el misil al pecho y él había hecho lo mismo, incluso con mejor puntería. Aggie abrió la boca y lo miró con incredulidad mientras caminaba hacia ella.

–Buen tiro. Hiciste diana –dijo él. La sonrisa transformó las líneas duras de su rostro y su atractivo sexual dejó a Aggie sin aliento.

–Tú también –dijo, apabullada–. ¿Dónde aprendiste a lanzar bolas de nieve?

–En el internado fui capitán del equipo de cricket. Era el lanzador más rápido –pulsó el timbre sin dejar de mirarla–. ¿Me creías tan mimado como para no saber devolverte el tiro?

–Sí –admitió ella con la boca seca. Seguro que había vivido entre algodones pero, sin embargo, habría sido difícil encontrar a un hombre más duro. No tenía sentido.

–¿Dónde aprendiste tú? Me has dado a treinta metros de distancia, con mala visibilidad.

Aggie parpadeó e intentó rehacerse antes de contestarle con toda sinceridad.

–Crecimos rodeados de nieve en invierno. Aprendimos a hacer muñecos de nieve y hacíamos batallas; siempre había muchos niños porque vivíamos en una centro de acogida de menores.

Un silencio atronador acogió el comentario. Ella no había pretendido admitirlo, se le había escapado. Por suerte, en ese momento se abrió la puerta y una mujer baja y risueña, de unos sesenta años, les sonrió como si fueran amigos del alma, a pesar de que eran las diez de la noche.

Les dijo que por supuesto tenía sitio para ellos. No solía tener huéspedes en invierno; solo un cliente habitual que trabajaba cerca de allí durante la semana. Pero ese fin de semana, por culpa de la nieve, no volvería a su casa de Yorkshire.

El jovial parloteo puso freno a los turbulentos pensamiento de Aggie. Por desgracia, el cliente habitual ocupaba una de las habitaciones con baño y tendrían que decidir cuál de ellos se quedaba con la otra. Aggie sonrió inocentemente a Luiz, hasta que él se vio obligado a hacer lo esperado y cederle la habitación.

Ella lo percibía hirviendo de ira a su lado, mientras la mujer les enseñaba la sala de estar y anunciaba con orgullo que «acababan de instalar televisión por cable y se veían muchos canales». También les enseñó la salita de desayunos donde tomarían el mejor desayuno del pueblo, y también algo de cenar si querían,

aunque a esas horas solo podía ofrecerles unos sándwiches.

Aggie fue a su dormitorio, bonito y grande, y asintió cuando Luiz le dijo que la vería en la salita en diez
minutos. Ambos necesitaban comer algo.

No deshizo el equipaje ni se cambió de ropa, tuvo
el tiempo justo para lavarse la cara. Abajo, Luiz la esperaba. Oyó su risa grave y su voz hablando con la patrona. Estaba explicando que iban de camino a visitar
a unos parientes y las nieve había interrumpido el
viaje. Admitía que habría sido más sensato ir en transporte público, pero los trenes habían aprovechado el
mal tiempo para ponerse en huelga. Sin embargo, había sido una suerte descubrir un lugar tan agradable.
Tal vez podría llevarles una botella de vino para acom-
pañar los sándwiches...

–Veamos –dijo Luiz en cuanto estuvieron solos–.
Por fin la verdad está saliendo a la luz. ¿Pensabas hablar de tu pasado alguna vez o ibas a guardártelo hasta
que ya no tuviera importancia?

–No me pareció relevante.

–Por favor, Aggie.

–No me avergüenzo de... –suspiró y se pasó los dedos por el pelo.

La salita era cómoda y hacía un calor delicioso; la
chimenea estaba encendida. Él se había quitado el
suéter y arremangado la camisa, dejando a la vista sus
brazos salpicados de vello oscuro. Tenía cuerpo de at-
leta y ella tuvo que contener el deseo de mirarlo.

La mujer llegó con vino. Aggie pensó que una copa
la ayudaría a sobrellevar la conversación.

–No te avergüenzas de... ¿ocultar la verdad?

–No lo vi como una ocultación de la verdad.

–Perdona, pero me parece una gran omisión.

–No es algo de lo que suela hablar.

–¿Por qué?

–¿Tú qué crees? –lo miró fijamente. Se había bebido el vino en un tiempo récord y no protestó cuando él rellenó la copa.

El rostro de Luiz se ensombreció. No podía olvidar que no estaba en una cita, manteniendo una conversación como preludio al sexo. Esas omisiones eran graves, dadas las circunstancias. Pero los enormes ojos azules que lo miraban con una mezcla de incertidumbre y acusación estaban teniendo su efecto.

–Dímelo tú.

–La gente puede ser crítica –alegó Aggie–. En cuanto uno menciona que creció en un centro de acogida, desconectan. No lo entenderías. Siempre has llevado la clase de vida con la que sueña gente como nosotros: una vida de lujo, rodeado de familia. Aunque tus hermanas fueran mandonas y te dijeran qué hacer. Es otro mundo.

–No carezco de imaginación –rezongó él.

–Esa es otra cosa más a tu favor, otro clavo que puedes remachar.

Ella tenía razón, pero eso no paliaba su curiosidad por el pasado que le había ocultado. Apenas se fijó cuando les pusieron delante un plato de sándwiches y una enorme ensalada, junto con otra botella de excelente vino.

–Tú fuiste a un internado. Yo fui a la escuela pública de la zona, y se burlaban de mí porque vivía en el centro de acogida de menores. El día de la Fiesta Deportiva era una pesadilla. Todos tenían a su familia allí, animándolos. Yo corría y corría, imaginando que la gente me animaba a mí. A veces Gordon o Betsy, la pareja que gestionaba el centro, intentaban asistir, pero no era fácil. Yo lo soportaba, pero Mark era mucho más sensible.

–Por eso estáis tan unidos ahora. Dijiste que tus padres habían fallecido.

–Lo están –se sirvió un poco más de vino, aunque no estaba acostumbrada al alcohol y suponía que al día siguiente tendría un terrible dolor de cabeza–. Más o menos.

–¿Más o menos? No seas reticente conmigo, Aggie. La gente no está «más o menos» muerta.

Aggie se resignó a contarle sus auténticos antecedentes y dejar atrás «las medias verdades». Podía hacer lo que quisiera con la información: intentar comprarlos, mover la cabeza con desagrado por estar en compañía de alguien tan distinto a él. Nunca tendría que haber permitido que Maria y su hermano la convencieran para dar una imagen inexacta de la verdad.

En parte lo había hecho por su instinto de proteger a Mark. Se había dejado llevar porque era la primera vez que su hermano se enamoraba y porque Maria había quitado importancia al afán de protección de su familia, y a sus motivos. Además, no podía negar que Luiz la había irritado desde el principio. Era tan arrogante que se había merecido que aderezara la verdad obviando ciertos detalles.

–No conocimos a nuestro padre –admitió–. Se fue después de que yo naciera, pero siguió yendo y viniendo hasta que mamá se quedó embarazada de Mark. Entonces se largó para siempre.

–Se largó...

–Apuesto a que no sabes de qué hablo, Luiz.

–Me resulta difícil asimilar la idea de un padre abandonando a su familia –justificó Luiz.

–Pues tienes suerte –afirmó Aggie con descaro. Luiz la miró divertido.

–No elegí mi vida, me fue prescrita –dijo él–. No siempre fue ideal. Sigue.

Aggie deseó pedirle que explicara qué quería decir con eso de una «vida prescrita». Viéndolo desde fuera, solo veía perfección: una familia grande y unida, libre de los habituales problemas financieros, en la que cada miembro tenía libertad para actuar a placer, consciente de que, en caso de fracaso, contaba con una red de seguridad

–¿Qué más puedo decir? Tenía nueve años cuando murió mamá –clavó la mirada en el fuego. No le gustaba hablar de su pasado. Sabía que él no cambiaría su opinión sobre ella, pero no por eso iba a aceptar sus acusaciones sin dar batalla.

–¿Cómo murió?

–Tuvo un accidente cuando volvía de su trabajo en el supermercado local. Un conductor borracho la atropelló. Como no teníamos parientes, nos llevaron a un centro de acogida. Un lugar maravilloso a cargo de una pareja fantástica que nos ayudó en nuestros peores momentos; no podríamos haber deseado un hogar más feliz, dadas las circunstancias. Así que, por favor, no sientas lástima de nosotros –los sándwiches estaban deliciosos pero había perdido el apetito.

–Siento lo de tu madre.

–¿En serio? –se arrepintió de inmediato de la amargura de su voz–. Gracias. Fue hace mucho tiempo –soltó una risa seca–. Supongo que todo esto solo tiene interés académico, porque ya te has formado una idea sobre nosotros. Pero entenderás que no habría sido la mejor presentación, sobre todo cuando yo sabía desde el principio que la única razón de que nos invitaras a salir con Maria y contigo era investigar a mi hermano.

Normalmente, a Luiz le importaba poco lo que la gente pensara de él. Eso era lo que le permitía ser tan directo a la hora de manejar situaciones difíciles. No perdía tiempo mareando la perdiz. Pero en ese momento sintió una punzada de vergüenza al recordar lo duro y directo que había sido en sus preguntas cada vez que los había visto. En ningún momento había intentando ocultar la razón de su súbito interés por su sobrina. No había llegado a ser hostil, pero su motivación tenía que haber resultado obvia para alguien con la agudeza de Aggie. En realidad no podía culparla por no haberle contado una historia lacrimógena sobre las privaciones de su niñez.

Sintió una cierta admiración por cómo había encontrado un camino para sí misma a pesar de sus difíciles circunstancias. Demostraba una fuerza de carácter que rara vez veía en el sexo opuesto. Hizo una mueca al pensar en las mujeres con las que salía. Chloe era guapa, pero también anodina y carente de ambición; otra chica de portada nacida en cuna de oro, que hacía tiempo en un empleo de media jornada hasta que un hombre rico la librara de la necesidad de simular que trabajaba.

—¿Dónde estaba el centro?

—En el Distrito de los Lagos —contestó Aggie, encogiendo los hombros. Miró sus profundos ojos oscuros y se le secó la boca.

—Por eso dijiste que habían ido a un lugar que tenía valor sentimental para ti.

–¿Recuerdas todo lo que te dice la gente? –preguntó Aggie, irritada.

–Es una bendición y una maldición –sonrió y a ella se le aceleró el corazón–. Te sonrojas con mucha facilidad, ¿lo sabías?

–Probablemente porque me siento incómoda estando aquí contigo –replicó ella, sonrojándose.

–Pues no sé por qué –Luiz estiró las piernas. Se habían bebido casi dos botellas de vino–. Es una conversación de lo más civilizada. Dime por qué decidiste trasladarte a Londres.

–Dime por qué lo hiciste tú.

–Me hice cargo de un imperio. Había que expandir la base londinense. Era la opción obvia. Estudié aquí y entiendo cómo piensa la gente.

–Pero ¿querías vivir aquí? Tiene que ser muy distinto de Brasil.

–A mí me va bien.

Siguió mirándola mientras la propietaria retiraba los restos de los sándwiches y les ofrecía café. Considerando la hora que era, estaba siendo extremadamente amable y les dijo que los clientes eran siempre bienvenidos.

Ambos rechazaron el café. Aggie estaba tan cansada que no se tenía en pie. También estaba algo achispada, había tomado demasiado vino.

–Voy a salir fuera un rato –dijo–. Creo que necesito un poco de aire fresco.

–¿Vas a salir con este tiempo?

–Estoy acostumbrada. Crecí rodeada de nieve –se puso en pie e inspiró profundamente.

–Me daría igual que hubieras crecido corriendo por el Himalaya, no vas a salir, y no por el mal tiempo.

No vas a salir porque has bebido demasiado y probablemente te caerías redonda.

Aggie lo miró con ira y agarró la mesa. Le daba
vueltas la cabeza y sabía que debería irse a la cama,
tal y como él decía. Pero no iba a permitirle que dic-
tara sus movimientos.

–¡No me digas lo que puedo y no puedo hacer,
Luiz Montes!

–¿Piensas salir sin abrigo? –preguntó él tras obser-
varla un momento en silencio.

–¡Claro que no!

–Eso me tranquiliza –se puso en pie y metió las manos en los bolsillos del pantalón–. Asegúrate de que
tienes llave para volver a entrar. Ya hemos causado suficiente inconveniencia a nuestra anfitriona para obligarla a levantarse de la cama a abrirte porque tienes el
capricho de pasear.

De reojo, vio a la señora Bixby, la patrona, ir hacia
ellos como un barco a toda vela. Cuando empezó a expresar su preocupación por el deseo de Aggie de salir,
Luiz movió la cabeza.

–Estoy seguro de que Aggie es muy capaz de cuidar de sí misma. Pero necesitará una llave para volver
a entrar en la casa –le dijo.

–Supongo que esperas que te dé las gracias –siseó
Aggie, ya con la llave en la mano, intentando ponerse
el abrigo. Había dejado de apoyarse en la mesa y sentía
náuseas. Sospechaba que arrastraba las palabras, a pesar
de que estaba teniendo cuidado de enunciar cada sílaba.

–¿Gracias por qué? –Luiz la acompañó a la puerta–.
Tienes el abrigo mal abrochado –señaló los botones
desparejados y se apoyó en la pared mientras ella intentaba remediar el desaguisado.

–¡Deja de observarme!

–Solo me aseguro de que sales bien abrigada. ¿Quieres que te preste mi bufanda? No me costaría nada correr arriba por ella.

–Estoy perfectamente –sintió un leve mareo cuando echó la cabeza hacia atrás para mirarlo. Salió de la casa apresuradamente.

–Me quedaré de guardia en la sala, vigilándola por la ventana –le dijo Luiz, sonriente, a la señora Bixby–. No se preocupe, si no vuelve en cinco minutos, saldré y la obligaré a entrar.

–¿Quiere café mientras espera?

–Fuerte y solo sería perfecto.

Seguía sonriendo cuando, tras mover una silla y acomodarse, la observó quedarse parada entre la nieve e inspirar profundamente antes de empezar a caminar en círculos. Suponía que no iba a atreverse a dar una vuelta por el pueblo. Lo cierto era que había bebido demasiado, aunque no estuviera dispuesta a admitirlo,

Luiz no tenía paciencia con las mujeres que bebían demasiado, pero no podía culparla. Ninguno de ellos había sido consciente de cuánto vino bebían. Seguramente ella se despertaría con dolor de cabeza; un fastidio para sus planes de ponerse en marcha al amanecer, si el tiempo lo permitía. Pero la vida era así.

Estrechó los ojos y se inclinó hacia delante cuando ella puso rumbo hacia la verja que conducía a la calle. Sin esperar el café, fuer hacia la puerta delantera y le dijo a la señora Bixby que podía acostarse.

Aggie había desaparecido de la vista y Luiz maldijo profusamente. Hacía demasiado frío para estar fuera sin abrigo. Corrió hacia ella cuando la vio apoyarse en una farola.

–Maldita mujer –farfulló entre dientes. Llegó a su lado justo a tiempo para levantarla en brazos cuando estaba a punto de caer al suelo.

Aggie gritó.

–¿Quieres despertar a todo el pueblo? –Luiz empezó a caminar hacia el hostal tan rápido como podía, que no era mucho con tanta nieve.

–¡Déjame en el suelo! –golpeó su pecho unas cuantas veces antes de rendirse; el esfuerzo incrementaba su mareo.

–Eso es lo más estúpido que has dicho.

–He dicho «¡Déjame en el suelo!»

–Si lo hiciera, no podrías volver a levantarte. ¿Crees que no me he dado cuenta de que te agarrabas a la farola para no caerte?

–¡No necesito que tú me rescates!

–Y yo no necesito estar aquí fuera con este frío, haciendo de caballero andante! ¡Cállate!

Aunque no lo habría admitido ni en un millón de años, era agradable que la llevara en brazos, porque sus piernas no estaban en condiciones de aguantar el peso de su cuerpo. Notó que abría la puerta con el pie, lo que implicaba que la había dejado entornada. Era humillante pensar que la señora Bixby pudiera verla en ese estado, así que ocultó el rostro en el pecho de Luiz.

–No te preocupes –le susurró él al oído–. Nuestra anfitriona no está a la vista. Le dije que se acostara, que yo te traería de vuelta sana y salva.

Aggie volvió a pedirle que la soltara.

–Deja de decir tonterías. Estás borracha y necesitas acostarte, tal y como te dije antes de que te empeñaras en demostrar lo cabezota que eres.

–No estoy borracha. Nunca me emborracho –la alarmó el súbito deseo de hipar que, por suerte, superó–. Soy más que capaz de subir yo sola.

–De acuerdo –la soltó rápidamente y ella tuvo que agarrarse a su suéter con ambas manos para no caer al suelo–. ¿Sigues queriendo convencerme de que eres «más que capaz» de subir sola?

–¡Te odio! –masculló Aggie mientras él volvía a alzarla en brazos.

–Tienes tendencia a repetirte –murmuró Luiz–. Me sorprende e incluso ofende un poco que me odias por rescatarte cuando estabas a punto de caerte de bruces y, probablemente, quedarte dormida. Supongo que sabes que es muy peligroso perder el conocimiento en la nieve. Y, además, bajo la influencia del alcohol. Chasqueó la lengua. Te borrarían del registro de maestras responsables si descubrieran eso. No sería un buen ejemplo para los niños ver a su maestra...

–Cállate –le ordenó Aggie con voz fiera.

–Veamos. He olvidado cuál es tu dormitorio... Ah, sí, la única que queda con baño privado. Una suerte, porque podría hacerte falta...

–Oh, calla ya –gimió Aggie–. ¡Y date prisa! Creo que voy a vomitar.

Capítulo 4

CORRIÓ al cuarto de baño y empezó a vomitar de manera horrible y humillante. No había cerrado la puerta y estaba demasiado débil para protestar cuando oyó a Luiz entrar tras ella.

–Perdona –susurró. La cisterna empezó a vaciarse y notó que le ponían un cepillo de dientes en la mano. Por lo visto, mientras ella vomitaba, él había encontrado el neceser en su bolso de viaje.

Temblorosa, se cepilló los dientes. No tenía energía para decirle que se fuera ni para mirarlo. Salió al dormitorio, se dejó caer en la cama y cerró los ojos mientras él corría las cortinas, apagaba la luz y empezaba a quitarle las botas.

Luiz nunca había hecho nada parecido en su vida. De hecho, si alguien le hubiera dicho que llegaría el día en que cuidaría de una mujer que había vomitado violentamente tras beber en exceso, se habría echado a reír. Lo asqueaban las mujeres que perdían el control. Chloe, llorando y maldiciendo por teléfono, lo había dejado frío. Miró a Aggie, que se tapaba el rostro con un brazo. Preguntándose por qué no sentía asco, le pasó una toalla de tocador mojada por la frente.

–Imagino que debería estar dándote las gracias –suspiró ella sin mover el brazo.

–Podrías intentarlo –corroboró Luiz.

–¿Cómo supiste dónde encontrarme?

–Te observé desde el comedor. No iba a dejar que estuvieras fuera más de cinco minutos. Pasear en la oscuridad en mitad de una nevada, tras beber en exceso, no es buena idea.

–Supongo que no me creerás si te digo que es la primera vez que hago algo similar.

–Te creo.

Aggie bajó el brazo y lo miró. Le escocían los ojos y la alivió que la única luz encendida fuera la de la lámpara de la mesilla.

–¿En serio?

–Fue culpa mía. Tendría que haber rechazado la segunda botella de vino. Ni me fijé cuando la trajeron –encogió los hombros–. Esas cosas pasan.

–Pero supongo que a ti no –dijo Aggie con una sonrisa débil–. Apuesto a que no bebes tanto que vas por ahí tambaleándote hasta que alguien te lleva en brazos a la cama, como a un bebé.

–No –Luiz se rio–. No recuerdo la última vez que ocurrió eso.

–Y apuesto a que nunca has estado en compañía de una mujer que lo hiciera.

«Nadie se atrevería a portarse así en mi presencia», pensó él. Pero no lo dijo para que no lo considerase un monstruo.

–No –respondió–. Voy a buscar unos analgésicos. Te van a hacer falta.

Aggie bostezó, adormilada. De pronto, recordó cómo se había sentido en sus brazos. La había levantado como si no pesara nada, y su pecho le había parecido duro como el acero. Su olor era limpio, masculino y boscoso.

–Sí. Gracias –musitó–. Y de nuevo, perdona.

–Deja de pedir disculpas –ordenó Luiz, brusco. Se preguntaba si realmente era tan controlador que las mujeres autocensuraban su personalidad para estar con él; bebían solo sorbitos de vino y rechazaban el postre porque temían que las considerase imprudentes o glotonas. Había roto con Chloe sin más explicación que «estarás mejor sin mí». Estrictamente hablando, era verdad. Pero había reaccionado a su histerismo con desdén, impaciencia y malhumor. Siempre había dado por hecho que las mujeres harían todo lo posible para complacerlo, que la vida de él siempre estaba en movimiento y que, por más que se esforzaran, llegaría el día en que pondría fin a la relación.

A Aggie la erizó que le desagradara tanto su disculpa. Se dijo que debía de tener una opinión terrible de ella; si ya había empezado siendo mala, debía de haber empeorado cien veces. Pero se sentía demasiado cansada para pensar en eso. Se medio incorporó cuando él llegó con un vaso de agua. Obediente, se tragó dos tabletas que, según él, harían que se despertara como nueva.

–Gracias –dijo Aggie–. Por favor, despiértame en cuanto te levantes.

–Desde luego –Luiz frunció el ceño. Lo había molestado el indeseado momento de introspección que le había hecho cuestionarse a sí mismo.

Aggie se durmió con la imagen de ese ceño grabada en el cerebro. No sabía por qué una persona que no le importaba tenían tanto efecto en ello. Pensó vagamente que todo volvería a ser normal por la mañana. Él le caería mal, perdería su recién adquirida tridimensionalidad y ella dejaría de sentir curiosidad.

Cuando se despertó, le tronaba la cabeza y la boca le sabía a algodón. Luiz dormía en una silla junto a la cama, completamente vestido. Aggie se incorporó y le dio un golpecito.

–¿Qué estás haciendo aquí?

Demasiado tarde, se dio cuenta de que, aunque tapada por el edredón, no llevaba pantalón ni suéter. La embargó una oleada de vergüenza.

–No podía dejarte en el estado en que estabas –Luiz se apretó los ojos con los dedos y se pasó la mano por el pelo antes de mirarla.

–No estaba tan mal. Vomité, sí, pero luego me quedé dormida.

–Volviste a vomitar –le informó Luiz–. Por no hablar de que tenías una sed terrible y no has dejado de pedir más pastillas.

–Oh, Dios.

–Por desgracia, Dios no estaba disponible, así que me tocó a mi bajar a la cocina a buscar zumo de naranja, porque decías que si bebías más agua volverías a tener náuseas. También tuve que bregar con una pataleta adormilada cuando me negué a doblar la dosis de analgésicos...

Aggie lo miró con horror.

–Luego dijiste que tenías calor. Apartaste el edredón y empezaste a desnudarte.

Aggie gimió y se tapó el rostro con las manos.

–Pero, caballero que soy, me aseguré de que no te desnudaras por completo. Te dejé en ropa interior y por fin te dormiste.

Luiz observó sus pequeños dedos curvarse sobre el edredón. Suponía que estaba pasando por un infierno mental, pero era demasiado orgullosa para mostrarlo.

Se preguntó si había conocido a alguien como ella en toda su vida. Parecía tener un talento especial para enfrentarse a su enorme firmeza; ya había ocurrido antes que si él decía algo que no le gustaba, clavaba los talones y procedía a discutir sin descanso hasta que él olvidaba la presencia de los demás.

–Bueno, gracias por eso. Ahora me gustaría cambiarme –dijo, mirando hacia la pared. Oyó que él se daba una palmada en los muslos y se ponía en pie–. ¿Has conseguido dormir algo?

–Unos minutos –admitió Luiz.

–Debes de estar agotado.

–No necesito dormir mucho.

–Tal vez deberías ir a dormir unas horas antes de seguir con el viaje –Aggie pensó que la tierra le haría un favor si se abriera y se la tragase.

–No merece la pena.

–¿Cómo que no merece la pena? –Aggie lo miró consternada–. Sería temerario que condujeras sin dormir, y yo no puedo conducir.

–Ya. Pero no merece la pena porque son más de las dos y media, ya ha oscurecido y nieva con fuerza –Luiz fue hacia la ventana, corrió la cortina y reveló un cielo plomizo apenas visible tras la espesa nevada–. Sería una locura intentar viajar con este tiempo. Ya he reservado las habitaciones para al menos una noche. Tal vez sean más.

–¡No puede ser! –Aggie se incorporó–. ¡Contaba con ir a trabajar el lunes! No puedo desaparecer sin más. ¡Esta es la época más ajetreada del curso escolar!

–Pues es lo que hay. Estás atrapada –afirmó Luiz–. No pienso dar la vuelta para intentar regresar a Londres. Y, mientras te preocupas por perderte unas clases y la obra de Navidad, piensa en mí. Mi plan no era recorrer medio país conduciendo bajo la nieve para intentar rescatar a mi sobrina antes de que haga algo estúpido.

–¿Insinúas que tu trabajo es más importante que el mío? –Aggie se sentía más cómoda con eso: una discusión. Mucho más cómoda que imaginándoselo desvistiéndola, cuidándola, acostándola y haciendo el papel de bueno–. ¡Típico! ¿Por qué la gente rica siempre cree que lo que hacen ellos es más importante que lo que hacen los demás? –le lanzó. Él la observaba, impávido, desde la puerta.

Durante un instante cegador, ella pensó que corría el peligro de ir más allá de las obvias diferencias que había entre ellos y ver al hombre que había debajo. Si hiciera una lista con todas las cosas que le desagradaban de él, sería más fácil mantener las distancias y rellenar los huecos con hostilidad y resentimiento. Pero hacerlo sería caer en la trampa de verlo todo o blanco o negro, tal y como lo había acusado a él de hacer.

Palideció y se le aceleró el pulso. Se preguntó si él había estado haciendo uso de su encanto desde el principio. Cuando, a su pesar, le hacía reír y la hechizaba contando sus experiencias en el extranjero; cuando captaba su interés hablando de política y del mundo mientras Maria y Mark susurraban entre ellos, hablando de amor. Tal vez ya entonces había empezado a ver más allá de la figura de cartón que ella quería que fuese.

No pudo evitar preguntarse si un tipo arrogante, pomposo y de ideas fijas la habría ayudado la noche anterior sin reírse ni una vez de su inapropiado comportamiento. ¿La habría vigilado toda la noche, renunciando a pegar ojo? Tuvo que hacer un esfuerzo para recordar que le había ofrecido dinero a cambio de su sobrina; que iba a intentar comprar a su hermano para que se fuera; que daba igual que alguien le cayera bien o mal, porque seguía adelante con sus planes. Era encantador cuando quería, pero bajo el encanto era despiadado; no tenía corazón ni sentimientos.

Se sintió mucho más tranquila cuando ese mensaje se grabó en su rebelde cerebro.

–¿Y bien? –persistió. Luiz alzó una ceja.

–Entiendo que buscas pelea. ¿Es porque te avergüenzas de lo que ocurrió anoche? Si es por eso, no hace falta. Como dije... esas cosas pasan.

–Y, como también dijiste, ¡nunca has tenido una experiencia similar! –Aggie pensó que sería una gran ayuda que no estuviera tan guapo, a pesar de no haber dormido–. Nunca te has caído borracho, y apuesto a que tus novias tampoco.

–Tienes razón. Ni yo, ni ellas.

–¿Eso es porque ninguna de tus novias ha bebido nunca de más?

–Puede que sí –Luiz encogió los hombros–. Pero nunca en mi presencia. Y, por cierto, no creo que mi trabajo sea ni peor ni mejor que el tuyo. Tengo un trato importante entre manos, que hay que cerrar a principios de la semana que viene. Una absorción. Los empleos de muchas personas dependen de que se cierre el trato, y por eso este retraso es tan inconveniente para mí como para ti.

–Oh –musitó, Aggie, aturdida.

–Así que, si necesitas hablar con la escuela y pedir un par de días libres, seguro que no será el fin del mundo. Voy a ducharme y a bajar. La señora Bixby tal vez pueda prepararte algo de comer –salió y cerró la puerta a su espalda.

El estómago de Aggie había empezado a gruñir con la mención de comida, pero se esforzó por no apresurar el baño y tomarse tiempo para lavarse el pelo y secarlo con el secador que encontró en un cajón del dormitorio. Necesitaba reagrupar sus pensamientos. Era indudable que la nieve los obligaría a pasar la noche allí. No iba a ser cuestión de unas pocas horas en la carretera antes de despedirse de Luiz Montes para siempre.

Iba a estar en su compañía más de lo que había previsto y tenía que tener cuidado para no caer en la trampa de dejarse seducir por su encanto.

Rebuscó entre su ropa y se puso unos vaqueros y varias capas de prendas: camiseta, camiseta térmica de manga larga, otra camiseta y un jersey.

Al verse en el espejo se preguntó si era posible tener un aspecto más desastrado. El pelo recién lavado era una incontrolable masa de rizos que caía por su espalda. Estaba sin maquillar y su ropa era una aburrida mezcla de azules y grises. Para calzarse solo tenía las botas del día anterior; deseó haber llevado algo más de equipaje.

Luiz hablaba por teléfono cuando bajó a la salita, pero lo cerró al verla entrar.

Al verla cubierta con toda esa monótona ropa, sería fácil pensar que tenía un cuerpo informe. Pero Luiz sabía que no era el caso. La había visto antes con vestidos que, aunque muy modestos, permitían intuir su cuerpo. Pero la noche anterior se había dado cuenta de lo bien formada que estaba, a pesar de la ligereza de su constitución.

Asombrado al notar que el recuerdo lo excitaba, se volvió para pedirle a la señora Bixby que le acercara la tetera.

–No para mí –dijo Aggie, rechazando la taza que le puso delante–. He decidido ir al pueblo, tomar un poco de aire fresco.

–Aire fresco. Pareces estar obsesionada con el deseo de aire fresco. ¿No tuviste bastante anoche?

–Esta vez no me caeré –dijo ella, risueña–. Como te dije, me gusta la nieve. Me gustaría que nevara en Londres más a menudo.

–La ciudad se quedaría paralizada. Si vas a salir, creo que te acompañaré.

Aggie intentó controlar el pánico que le provocó su sugerencia. Necesitaba aclararse la mente. Por mucho que se repitiera sus razones para odiarlo, una vocecita perniciosa insistía en recordarle su atractivo, inteligencia y consideración para con ella la noche anterior. No podría apagar esa voz si él no la dejaba a solas.

–Pensaba ir sola –dijo ella con cortesía–. Eso te daría libertad para trabajar. Siempre trabajas. Recuerdo que nos lo dijiste una noche mientras cenábamos, la tercera vez que sonó tu móvil y contestaste. Además, si tienes un trato importante que cerrar, podrías adelantar camino.

–Es sábado. Y me iría bien estirar las piernas. Lo creas o no, dormir en una silla es incómodo.

–No vas a dejarme olvidar eso, ¿verdad?

–¿Lo harías tú si estuvieras en mi lugar?

Aggie tuvo la decencia de sonrojarse.

–No –murmuró Luiz–. Ya lo suponía. Bueno, al menos eres lo bastante sincera para no negarlo –se puso en pie. Aggie se metió las manos en los bolsillos del abrigo e intentó pensar en maneras de librarse de él.

Sin embargo, en cierto modo la complacía que fuera a estar con ella. Para bien o para mal, sus sentidos se disparaban cuando él estaba cerca. El corazón le latía más rápido, la piel le cosquilleaba y sus terminaciones nerviosas parecían vibrar.

¿Sería esa la táctica de la Naturaleza para mantenerla alerta ante el enemigo?

—Tendrás que comer algo —fue lo primero que dijo él cuando salieron y recibieron la bofetada del frío. La nieve que caía y se apilaba en las aceras convertía la fantasía invernal en una pesadilla que obligaba a andar a paso de caracol.

El abrigo de ella no estaba hecho para un frío tan intenso y empezó a tiritar; él, en cambio, con su chaquetón acolchado y diseñado para clima ártico, debía de estar cómodo y calentito.

—Deja de decirme lo que debo hacer.

—Y tú deja de ser tan testaruda —Luiz la miró. El gorro de lana le cubría las orejas y, encogida, llevaba las manos, con los puños cerrados, en los bolsillos del abrigo—. Tienes frío —dijo.

—Es un día frío. Me gusta. Necesitaba salir.

—Me refiero a que tu abrigo es inadecuado. Necesitas algo que dé más calor.

—Lo estás haciendo otra vez —Aggie alzó la vista hacia él y se quedó sin aliento cuando sus ojos se encontraron—. Portándote como si tuvieras las respuestas a todo —para su desconcierto, su boca decía lo correcto, pero su cuerpo respondía de otra manera—. He estado pensando en comprar otro abrigo, pero casi nunca hace falta en Londres.

–Puedes comprar uno aquí.

–Es mala época del año para mí –farfulló Aggie–. Siempre pasa en Navidades –vio con alivio que llegaban al pueblo–. Intercambiamos regalos en el colegio y está el árbol y la comida... todo suma. Tú no lo entenderías.

–Prueba.

Aggie titubeó. No estaba acostumbrada a hacer confidencias. Además, no veía sentido a confiar en alguien como Luiz Montes, un hombre que la había puesto en una situación insostenible, despiadado y, probablemente, nada compasivo.

«Pero, anoche cuidó de ti», dijo una voz en su cabeza, «sin rastro de impaciencia o rencor».

–Cuando se crece en un centro de acogida –se oyó decir–, incluso en uno maravilloso como el mío, no se tiene dinero. Nunca. Y nadie te da cosas nuevas. Bueno, no a menudo. En los cumpleaños y en Navidades, Betsy y Gordon hacían lo posible para que todos recibiéramos algo nuevo, pero la mayor parte del tiempo, uno se apaña. La mayoría de mi ropa había pertenecido a alguien antes. Los juguetes eran compartidos. Uno se acostumbraba a tener mucho cuidado con el poco dinero que recibía o ganaba haciendo algún trabajito. Sigo teniendo ese hábito. Mi hermano también. Te parecerá una tontería, pero tengo este abrigo desde los diecisiete años. Solo de vez en cuando se me ocurre que debería sustituirlo.

Luiz pensó en las mujeres a las que había invitado a cenar y beber a lo largo de los años. Nunca había titubeado a la hora de gastar dinero en ellas. Aunque ninguna de esas relaciones había durado, todas las mujeres se habían beneficiado en el sentido financiero: joyas, abrigos de piel y, en un caso, un coche. Recordarlo lo molestó.

–Eso debió ser muy frustrante, ser adolescente y no poder vestir a la última moda.

–Uno se acostumbra –Aggie encogió los hombros–. La vida podría haber sido mucho peor. Mira, una cafetería. Tienes razón. Debería comer algo. Me muero de hambre –se sentía rara hablando de su infancia con él.

–Estás cambiando de tema –farfulló él cuando empezaron a unirse a los compradores que recorrían las calles–. ¿Eso también lo aprendiste creciendo en el centro de acogida?

–No quiero que me interrogues –entraron en la cafetería, pequeña, cálida y ajetreada. Encontraron mesa y dos asientos libres al fondo. Cuando Aggie se quitó los guantes, tenía los dedos rojos de frío; se dejó el abrigo puesto hasta entrar en calor. Dos camareras gravitaron hacia la mesa, mirando a Luiz con los ojos como platos.

–Podría comerme toda la carta –Aggie suspiró y pidió un bocadillo de pollo y un café grande–. Es el efecto que tiene en una chica un exceso de bebida. Nunca podré disculparme lo bastante.

–No imaginas lo tedioso que resulta oírte pedir perdón a todas horas –replicó Luiz con irritación–. Pensaba que a las mujeres les gustaba hablar de sí mismas por encima de todo.

Aggie lo miró con resentimiento mientras le ponían delante un bocadillo relleno hasta reventar. Luiz no iba a comer nada. Tendría que haberle resultado incómodo morder un bocadillo enorme mientras la observaba, pero le dio igual. Se moría de hambre y se sentía baja de defensas.

–Apuesto a que eso te molesta muchísimo –comentó Aggie, entre bocados. Luiz se sonrojó.

–Tiendo a salir con mujeres cuya conversación dista de ser fascinante

–Entonces, ¿por qué sales con ellas? Ah, sí, lo olvidaba. Por su aspecto –se lamió la mayonesa de un dedo y bajó la vista. No vio cómo él observaba con fascinación el gesto, inconscientemente sensual, ni cómo se removía en el asiento–. ¿Por qué te molestas en salir con mujeres que te aburren? ¿No quieres casarte? ¿Te casarías con alguien que te aburriera?

–Soy un hombre ocupado –Luiz frunció el ceño–. No tengo tiempo para complicar mi vida con una relación.

–Las relaciones no tienen por qué complicar la vida. De hecho, se supone que hacen la vida más fácil y agradable. El bocadillo está delicioso; gracias por pagarlo. Supongo que tendríamos que hablar de mi contribución a este... este.

–¿Por qué? No estarías aquí si no fuera por mí.

Tamborileó con los dedos en la mesa y siguió mirándola. El pelo no dejaba de caerle sobre el rostro cuando se inclinaba para morder el bocadillo, y ella volvía ponérselo tras la oreja. Se quitaba las miguitas de los labios con la lengua, con la delicadeza de un gato.

–Cierto –Aggie se recostó, satisfecha tras devorar el bocadillo, y tomó un sorbo de café, sujetando la taza entre ambas manos. Le lanzó una mirada retadora–. Imagino que tus padres quieren que te cases. Al menos, eso es...

–Al menos eso es ¿qué?

–No es asunto mío.

–Di lo que ibas a decir, Aggie. Te he visto medio desnuda ordenándome que fuese por zumo de naranja. Creo que hemos superado la etapa de cortesía reticente.

–Puede que Maria haya mencionado que quieren verte casado –Aggie alzo la barbilla.

–¡Eso es absurdo!

–No tenemos por qué hablar del tema.

–No hay nada de lo que hablar –dijo él.

Sin embargo, prefería vivir en Londres a volver a Brasil, donde su madre intentaba arrinconarlo e interrogarlo sobre su vida privada. Quería mucho a su madre, pero tras sus tres fútiles intentos de emparejarlo con hijas de amistades, le había dicho que estaba perdiendo el tiempo.

–Mis padres tienen nietos, gracias a tres de mis hermanas, y es una suerte porque no tengo intención de casarme por ahora –esperó su respuesta y frunció el ceño cuando no la hubo–. En la familia, me tocó la responsabilidad de dirigir la empresa, expandirla y llevarla de Brasil al resto del mundo. Así son las cosas. No deja mucho tiempo ocuparse de las necesidades de las mujeres. Exceptuando las físicas –añadió con una sonrisa lobuna.

Aggie no le devolvió la sonrisa. No le parecía buen negocio. ¿De qué servía contar con poder, estatus, influencia y dinero si no se tenía tiempo para disfrutarlo con alguien que te importara?

De repente, vio a un hombre cuya vida había sido prescrita al nacer. Había heredado un imperio y no había tenido otra opción que asumir la responsabilidad. Eso no quería decir que no disfrutara haciéndolo, pero suponía que estar en la cima cargando con las esperanzas y sueños de todos, podía llegar a ser solitario.

–Guárdate la mirada de compasión –rezongó Luiz, buscando a la camarera con la vista.

–¿Qué ocurrirá cuando te cases? –preguntó ella con interés, aunque intuía que él estaba molesto por haber dicho más de lo que quería.

–No entiendo qué quieres decir.

–¿Cederás la dirección de la empresa a otro?

–¿Por qué iba a hacerlo? El control del negocio siempre estará en manos de la familia.

–Pues no tendrás mucho tiempo para ser marido. Si sigues trabajando a todas horas, digo.

–Hablas demasiado –dijo. Pagó la cuenta y dejó una gran propina, sin dejar de mirar a Aggie.

Ella sintió un latido en las sienes y que se le iba un poco la cabeza. Los ojos de él admiraron su boca llena y recorrieron sus rasgos delicados y perfectos. La había mirado antes, sin duda, pero no de esa forma; Aggie percibía un poderoso elemento sexual en su escrutinio. Se preguntó si eran imaginaciones suyas.

Sentía un cosquilleo en los senos y su mente era un torbellino. Aparte de las razones obvias, él no era en absoluto su tipo. Aunque apreciaba su espectacular atractivo, nunca había tenido tiempo para los ejecutivos trajeados cuya razón de ser era vivir y morir por el trabajo. Le gustaban los hombres despreocupados, creativos y poco convencionales, por eso no entendía que su cuerpo reaccionara a como el de una adolescente en su primera cita con el hombre de sus sueños. Peor aún, no era la primera vez que ocurría, pero había ignorado las señales.

–Sí. Tienes razón –tenía las pupilas dilatadas.

En un nivel subliminal, Luiz registró esas reacciones. Era intensamente físico y compensaba su falta de entrega emocional con su capacidad para leer a las mujeres y saber cuándo tenía efecto en ellas. Normalmente, se trataba de un juego sencillo con una conclusión anunciada; las mujeres que acababan en su cama entendían las reglas del juego. Él no prometía nada pero era un amante espléndido y generoso.

No entendía lo que estaba ocurriendo.

Ella se estaba poniendo en pie, sacudiéndose las migas del jersey. Luego se puso el gastado y fino abrigo, el gorro de lana y los guantes. No lo estaba mirando. De hecho, se esforzaba por no mirarlo. Como un depredador entrando en estado de alerta, Luiz sintió un cambio de ritmo interno.

Salieron y Aggie, nerviosa sin razón aparente, hizo lo que hacía siempre que estaba nerviosa. Empezó a parlotear sin parar a tomar aire. Alabó las luces navideñas con entusiasmo excesivo y se detuvo ante el primer escaparate que vieron, aparentemente interesada por cacerolas y alicates.

Tenía el corazón desbocado. No sabía cómo habían acabado teniendo una conversación tan personal, ni cuándo había dejado de mantenerlo a distancia y olvidado las razones por las que debía odiarlo. ¿Sería ese el poder de la lujuria?

Admitir que se sentía atraída por él hacía que le diera vueltas la cabeza. Cuando él comentó que parecía pálida y deberían volver, accedió.

De repente, el viaje le parecía mucho más peligroso. Ya no se trataba de intentar evitar los desacuerdos continuos, sino de potenciarlos.

Capítulo 5

CUANDO llegó el lunes por la mañana, tras dos tardes en las que Aggie había intentado evitar toda conversación personal, consciente de cómo su cuerpo le ponía la zancadilla a sus buenas intenciones, la nieve empezaba a remitir, pero no lo bastante para reemprender el viaje.

Lo primero que hizo Aggie fue llamar a la escuela. Un mensaje grabado la informó de que, debido al temporal, estaría cerrada hasta nuevo aviso. Ella no sabía si seguía nevando en Londres, pero las temperaturas en todo el país estaban por debajo de cero. Eso implicaba hielo en carreteras y aceras, y mucho peligro en el patio de juego helado. Ocurría una o dos veces al año, durante un par de días, y las autoridades solían recomendar el cierre de las escuelas.

Miró la escasa ropa limpia que le quedaba en la bolsa y dijo adiós a su intención de ahorrar dinero para Año Nuevo.

–Tengo que volver al pueblo –le dijo a Luiz en cuando se reunió con él en el comedor. La señora Bixby estaba hablando con su huésped, que se quejaba amargamente de no poder trabajar. A los vendedores nunca les gustaba el mal tiempo.

–¿Más aire fresco?

–Tengo que comprar algunas cosas.

–Ah. ¿Un abrigo nuevo, tal vez? –Luiz apartó la silla de la mesa para poder cruzar las piernas.

–Necesito otro jersey, y unos vaqueros, tal vez. No contaba con quedarme días atrapada a menos de mitad de camino.

–Yo tampoco –Luiz asintió pensativo–. Supongo que yo también tendré que comprar algo.

–Y estás perdiéndote tus reuniones. Dijiste que tenías que cerrar un trato.

–He llamado a mis colegas de Londres. Me sustituirán en mi ausencia. No es perfecto, pero es lo que hay. Esta tarde tendremos una videoconferencia y les daré mi opinión. ¿Supongo que has llamado al colegio?

–Está cerrado –se sentó y charló unos minutos con la casera, que estaba encantada con la perspectiva de que siguieran allí.

–Así que el colegio está cerrado. Qué oportuno –murmuró Luiz–. He intentado llamar al hotel en el que se supone que están tu hermano y Maria, pero la línea está fuera de servicio.

–Entonces, ¿tiene sentido continuar? –Aggie lo miró y se lamió los labios–. Solo iban a pasar allí unos días. ¿Y si llegamos y descubrimos que ya han vuelto en tren a Londres?

–Es una posibilidad.

–¿Eso es cuanto tienes que decir? –casi gritó Aggie–. ¿Es una posibilidad? ¡Ninguno de los dos podemos permitirnos faltar al trabajo por una posibilidad! –la imagen de su fría e incómoda casa, libre de Luiz, la llamaba como un faro en una tormenta. No entendía por qué estaba sintiendo lo que sentía, y cuanto antes dejara atrás esa incómoda situación, mejor–. Tú tienes reuniones importantes. Piensa en toda esa pobre gente cuyo futuro depende de que cierres el trato que sea que tienes entre manos,

–Vaya, Aggie, ¡cómo te preocupas por mí!

–No seas sarcástico, Luiz. Eres un adicto al trabajo. Tiene que estar volviéndote loco estar aquí encerrado. Tardaríamos lo mismo en volver a Londres que en llegar al Distrito de los Lagos.

–Menos.

–¡Mejor me lo pones!

–Además, es probable que nos alejaríamos de lo peor del temporal, en vez de conducir hacia él.

–¡Exacto!

–Pero eso no implica que tenga intención de volver a Londres sin cumplir con mi propósito. Cuando empiezo algo, lo acabo.

–¿Incluso si acabarlo no tiene sentido?

–Esta conversación no va a ninguna parte –dijo Luiz–. ¿A qué viene esa súbita desesperación por abandonar el barco?

–Pensaba que estaríamos fuera una noche o dos. Tengo cosas que hacer en Londres.

–Dime cuáles. El colegio está cerrado.

–Una maestra no se limita a estar delante de los niños en clase. Hay que preparar lecciones y corregir deberes.

–Y, por supuesto, no has traído ordenador.

–Claro que no –afirmó ella, comprendiendo que él no iba a dar marcha atrás. Era de esos que cuando se embarcaban en algo seguían hasta el final–. Tengo un ordenador viejo, no sirve para viajar. Además, no creí que fuera a necesitarlo.

–Te compraré un portátil –dijo Luiz. Se le había escapado sin pensarlo siquiera.

–¿Disculpa?

–Todo el mundo necesita un portátil, algo que puedan llevar con ellos –se puso rojo y se mesó el cabello–. Me sorprende que no tengas uno. ¿No te lo financiaría la escuela?

–Tengo un ordenador del colegio, pero no lo saco de casa. No es propiedad mía –Aggie estaba atónita por el ofrecimiento, pero la ira empezaba a bullir en su interior–. ¿Y deducirías el gasto de ese acto de generosidad de mi paga final, cuando intentes comprarnos a mi hermano y a mí para librarte de nosotros? ¿Llevas una cuenta mental?

–No seas absurda –farfulló Luiz. Apenas miró la comida que la señora Bixby le había puesto delante y ella, captando el ambiente, se retiró.

–Gracias, pero creo que rechazaré tu amable oferta de comprarme un ordenador –Aggie pensó que ese era el índice de los distintas que eran sus vidas. Aunque su cuerpo la traicionara y le hiciera olvidar la realidad, no estaban realizando un viaje romántico y él no era el hombre de sus sueños. Estaba allí porque la había chantajeado para que lo acompañara y era un hombre frío, resuelto y tan cegado por sus privilegios que le parecía normal comprar a la gente. Su trato con la raza humana se basaba en las transacciones financieras. Tenía novias porque eran bellas y lo entretenían un tiempo. Pero no había más en su vida. Por lo visto pensaba que el dinero podía comprarlo todo.

–¿Demasiado orgullosa, Aggie?

–No sé qué quieres decir con eso.

–Consideras un insulto que haya ofrecido comprarte algo que necesitas. Estás aquí por mí. Seguramente acabarás perdiendo días de trabajo por mí. Tendrás que comprar ropa por mí.

–¿Estás diciendo que te equivocaste arrastrándome a venir contigo?

–No, en absoluto –Luiz la miró con impaciencia. Cada vez le resultaba más imposible creer que pudiera ser una cazafortunas. ¿Qué oportunista rechazaría un vestuario nuevo o un ordenador portátil?–. Claro que tenías que venir –dijo, poco convencido–. Es posible que tú no participaras en los planes de tu hermano para con mi sobrina –concedió.

–Luego sí te equivocaste trayéndome contigo.

–Aún pienso asegurarme de que tu hermano se aleje de Maria.

–¿A pesar de saber que no tenía planes ocultos cuando inició su relación con ella?

Luiz calló, pero su silencio dijo más que mil palabras. Por supuesto, nunca permitiría que Mark se casara con su sobrina. Nadie de su familia lo permitiría. Los ricos seguían siéndolo porque protegían su riqueza. Se casaban con otros ricos. Ese era el único mundo que Luiz entendía.

Era despreciable, así que no entendía por qué no podía mirarlo con indiferencia y desdén. Sentía una tremenda atracción física por él, dijera lo que dijera su cabeza. A Aggie eso la enfurecía y asombraba al mismo tiempo. Eran emociones nuevas para ella, que no podía controlar.

–Es cierto que perteneces a otro mundo –dijo Aggie–. Es triste que no puedas confiar en nadie.

–No es tan sencillo como eso –dijo Luiz, irritado–.

La madre de Maria se enamoró de un americano hace veinte años. El padre de Maria. Hubo una boda de urgencia. Mi hermana fue del altar al hospital a dar a luz. Por supuesto, a mis padres los preocupó, pero no dijeron nada.

–¿Qué los preocupó? ¿Que fuera americano?

–Que fuera un vago. Luisa lo conoció estando de vacaciones en México. Era salvavidas en una de las playas. Ella era muy joven y él la enamoró. En cuanto estuvieron casados, empezaron las exigencias. Resultó que Brad James tenía gustos muy caros. La buena vida y los coches no bastaban; quería un avión privado y que subvencionara proyectos destinados al desastre. Maria no sabe nada de eso. Solo sabe que su padre murió en un accidente de avioneta durante una clase de vuelo. Luisa nunca olvidó el error que había cometido.

–Lo siento. Debió de ser difícil crecer sin un padre –mordió un trozo de tostada–. Pero ni mi hermano ni yo queremos nada de ti.

–Tú no quieres nada de nadie. ¿Tengo razón?

–Sí, la tienes –Aggie se sonrojó y evitó los agudos ojos oscuros.

–Pero me temo que tendré que insistir en comprarte ropa de repuesto. Acepta la oferta, hecha de buena fe. Si te disgusta tanto aceptar, puedes tirarla a la basura cuando vuelvas a Londres, o donarlo todo a la caridad.

–De acuerdo –en ese momento su orgullosa negativa parecía vacía y grosera. No era culpa suya necesitar más ropa. Él podía permitirse comprarla, así que tenía sentido aceptar la oferta. Él no tenía por qué saber que no solía aceptar regalos de nadie, y menos si eran por caridad.

En cualquier caso, si quería comprarle cosas, las

aceptaría con gusto. Eso era mejor que criticar su generosidad hasta hacerla jirones.

Con las Navidades tan próximas, el pueblo volvía a estar lleno de compradores, a pesar de que seguía nevando. No encontraron unos grandes almacenes, solo una serie de boutiques.

–No suelo comprar en esta clase de tiendas –dijo Aggie afuera de una boutique mientras Luiz la esperaba, con una mano en la puerta–. Parece cara. Tiene que haber alguna más barata.

Él dejó caer la mano y se apoyó en el cristal. Habían caminado hasta el pueblo en silencio y eso había irritado a Luiz. A las mujeres les encantaba ir de compras. ¿Qué importaba que se hubiera visto obligado a aceptar su oferta de comprarle ropa? El hecho era que iba a hacerlo y tendría que estar al menos un poco complacida. Pero si era el caso, lo ocultaba de maravilla.

–Nunca me había alojado en un hostal –dijo Luiz–. Te gusta recordarme todas las cosas que desconozco por haber sido siempre rico. Pero estoy dispuesto a probarlas. A pesar de tus ácidos comentarios de que solo soy capaz de alojarme en hoteles de cinco estrellas, ¿me has oído quejarme una sola vez de nuestro alojamiento?

–No –admitió Aggie, poniéndose roja como un tomate. Le habría gustado taparse las orejas, porque lo que estaba diciendo era verdad.

–Por lo que veo, aplicas dos baremos bien distintos. Tú puedes encasillarme a mí, mientras te aseguras de que nadie te encasille a ti.

–No puedo evitarlo –murmuró ella, incómoda.

–Pues te sugiero que lo intentes. Vamos a entrar en esa tienda y vas a probarte la ropa que quieras y luego dejarás que compre lo que quieras. ¡La tienda entera, si se te antoja!

–Estás loco –Aggie alzó la vista hacia él y dejó escapar una risita.

Luiz respondió con una sonrisa. Pensó que ella no sonreía lo suficiente, al menos con él. Cuando lo hacía su rostro se volvía radiante.

–¿Eso es un cumplido o no? –preguntó.

–No voy a contestar –dijo ella. Tenía la sensación de que el suelo temblaba a sus pies.

–Vamos.

Era el tipo de boutique en el que las dependientas estaban adiestradas para asustar. Sus clientes eran los ricos de la localidad y algún turista. Aggie estaba segura de que si hubiera entrado sola, con su ropa gastada y botas, la habrían seguido por la tienda, recolocando todo lo que tocara y sin quitarle ojo de encima.

Pero con Luiz, comprar en una boutique de lujo era una experiencia distinta. La jovencita que los recibió al entrar miró a Luiz embobada, como las camareras de la cafetería. Rápidamente, fue sustituida por una mujer mayor que afirmó ser la propietaria. Hicieron que Aggie se sentara en un diván. Luiz estaba tan relajado como si la tienda fuera suya. Empezaron a sacar prendas que, en su mayoría, él rechazaba con un gesto de la mano.

–Creía que iba a elegir yo –susurró Aggie en un momento dado. Se sentía culpable por lo mucho que estaba disfrutando con la experiencia.

–Sé lo que te sentaría bien.

–Debería comprarme unos vaqueros... –se mordió el labio y se encogió al ver el precio de los vaqueros de diseño que había sobre una silla, esperando su inspección–. Y tú no sabes qué me queda bien.

–Sé que puedes mejorar, teniendo en cuenta los aburridos negros y grises que sueles llevar.

Aggie se volvió hacia él, rabiosa y dispuesta a protestar. Pero sus ojos se encontraron. Los de él oscuros y divertidos, los de ella, azules y chispeantes. Estaban sentados muy cerca el uno del otro y ella tragó aire.

Supo que iba a besarla justo antes de sentir el contacto de sus labios frescos Tuvo la sensación de que llevaba esperándolo desde el primer día que lo había visto. Fue un beso breve, que acabó antes de empezar. Cuando él se apartó ella seguía con los labios entreabiertos y los ojos entornados.

–Es de mala educación discutir en una tienda –murmuró él. Eso la sacó de su trance de golpe.

–¿Me has besado para callarme?

–Es una forma de evitar una discusión.

Aggie intentó enfadarse, sin éxito. Aún sentía un cosquilleo en los labios y su cuerpo parecía llamear. Ese beso de cinco segundos había sido tan potente como un hierro de marcar al rojo vivo. Mientras intentaba ocultar cuánto la había afectado, él volvió a concentrarse en la propietaria de la tienda, que volvía con más prendas.

–Vaqueros, esos tres pares. Esos jerséis y ese vestido... ese no, el de atrás –se volvió hacia Aggie, que apretaba los labios–. Por tu expresión, se diría que acabas de tragarte un limón entero.

–¡Te agradecería que no me pusieras las manos encima! –escupió ella, con ojos fríos. Luiz sonrió, sin inmutarse por esa muestra de ira.

–Que yo sepa, mis manos no han tocado tu cuerpo –dijo con voz sedosa–. Si te hubieran rozado, lo sabrías. Ahora, sé buena chica y ve a probarte. Ah, y quiero ver cómo te queda todo.

Aggie, la persona menos exhibicionista del mundo, decidió que odiaba desfilar para Luiz. Sin embargo, no podía negar la excitación que sintió cuando salió con los vaqueros, los jerséis y varias camisetas de colores brillantes. Él le pidió que bajara el ritmo, que no estaba clasificándose para un maratón. Cuando por fin llegaron al vestido, ella lo alzó y lo miró intrigada.

–¿Un vestido? –se extrañó.

–Sígueme la corriente.

–No me pongo azules brillantes –tampoco se ponía vestidos sedosos con escote que se adherían a su cuerpo como una segunda piel.

–Es una locura probarse este vestido en pleno invierno –se quejó, caminando hacia él con los zapatos de tacón que la vendedora le había pasado por debajo de la puerta del probador–. Está nevando afuera...

Luiz podía contar con los dedo de una mano las veces que se había quedado sin habla. Y esa era una. Se enderezó en el diván y paseó la mirada por ese cuerpo pequeño pero increíblemente sexy.

El color del vestido realzaba el tono aguamarina de sus ojos, y el corte del tejido de punto de seda dejaba poco a la imaginación: revelaba la sorprendente generosidad de los senos, el vientre plano y la esbeltez de las piernas. Deseó pedirle que volviera al probador y se quitara el sostén, para ver cómo le quedaba sin los dos tirantes blancos visibles sobre los hombros.

–Nos lo llevaremos todo –afirmó.

Su excitación fue súbita e intensa. Agarró el chaquetón que había dejado en una silla y se lo puso sobre el regazo. No podía dejar de mirarla, pero sabía que, cuanto más la mirase, más se incrementaría su «problema».

–Vámonos ya –dijo con voz brusca–. No quiero pasar más tiempo en el pueblo –observó, hipnotizado, el movimiento de su trasero cuando iba de vuelta al probador–. Nos llevaremos esos zapatos también –le dijo a la propietaria, que habría hecho cualquier cosa por un cliente que había comprado media tienda, incluyendo un vestido de verano que habría estado en el almacén hasta la temporada siguiente.

–Gracias –dijo Aggie, ya afuera y con cuatro bolsas cada uno. Una de las compras había sido un abrigo. Lo llevaba puesto y, aunque odiaba admitirlo, era fantástico. No había sentido el menor remordimiento al decirle adiós al viejo, que había dejado en la tienda para que lo tiraran.

–¿Fue una experiencia tan terrible como habías imaginado? –bajó la vista hacia ella y pensó de inmediato en sus suculentos y redondos pechos, y en cómo los había acariciado el vestido.

–Ha sido increíble –admitió Aggie–. Pero hemos pasado demasiado tiempo allí. Entiendo que estés deseando volver. Pero necesito un par de cosas más. ¿por qué no nos separamos? Podrías ir a comprar algo para ti.

–¿No quieres que desfile para ti? –preguntó Luiz. Observó satisfecho cómo se ruborizaba.

No había contado con sentir una atracción sexual tan poderosa. No sabía de dónde salía ni por qué había empezado. Ella no era su tipo. Discutía demasiado y, además, había iniciado el viaje creyéndola una cazafortunas. Sin embargo, había algo muy erótico y prohibido en esa atracción, en cómo lo miraba con los ojos entornados. Se excitaba solo con pensarlo.

El problema era que no sabía qué iba a hacer al respecto. Volvió al presente y descubrió que ella le hablaba de un desvío que quería que hiciese.

–¿Siete...qué? ¿De qué estás hablando?

–Decía que quiero parar en Sieterrobles. Hay que desviarse solo un poco y hace dieciocho meses que no voy.

–¿Qué es Sieterrobles?

–¿No has escuchado una palabra de lo que he dicho? –supuso que, tras el rato en la boutique, su mente había vuelto a su preocupación principal, el trabajo, y se había vuelto sordo a todo lo demás.

–Estaba distraído –farfulló Luiz, asombrado por haberse perdido en su imaginación hasta el punto de no haber oído una sola palabra.

–Sieterrobles es el centro en el que crecimos –repitió Aggie–. ¿Podríamos pasar por allí? Hay que desviarse muy poco y significaría mucho para mí. Sé que tienes prisa por llegar al hotel de Mark, pero un par de horas no importarían mucho, ¿verdad?

–Me parece bien.

–Vale, bueno, gracias –de repente, tuvo la sensación de que no le importaría pasar el resto del tiempo en el pueblo con él. Para intentar escapar de ese círculo mágico que parecía proyectar a su alrededor, dio un par de pasos atrás–. Te veré después, en el hostal, ¿vale?

–¿Qué vas a comprar? –preguntó Luiz, arrugando la frente–. Creía que habíamos comprado todo lo esencial. Excepto... Debe de haber alguna tienda de lencería por aquí.

Aggie reaccionó como si la hubiera pinchado. Se imaginó desfilando ante él en bragas y sujetador de encaje y casi se le escapó un gritito.

–Puedo comprar mi propia ropa interior, gracias. Y, no, no me refería a eso.

–¿A qué, entonces?

–Luiz hace frío aquí fuera y me gustaría volver al hostal así que... –retrocedió unos pasos más, pero sus ojos siguieron fijos en él, como los de una presa hipnotizada por un depredador.

–Te veré allí dentro de... –miró su reloj–, un par de horas. Digamos a las seis y media en el comedor. Si vamos a desviarnos, tendremos que salir muy temprano. Nos acostaremos pronto.

–Sí, claro –aceptó Aggie con cortesía. Notaba en el tono de su voz que, aunque hubiera treguas temporales, nada lo apartaría de su misión.

De pronto, le pareció muy inapropiado haber disfrutado desfilando para sus ojos con ropa que él había pagado muy cara. Por mucho que hubiera hablado de su desdén por el dinero y el materialismo, tenía la sensación de haberse dejado comprar sin darse cuenta y con gusto.

–Solo quiero que sepas que cuando volvamos a Londres te haré llegar todo lo que me has comprado –su voz sonó más fría que antes.

–¡Ese tema otra vez, no! –rechazó Luiz con impaciencia–. Creía que habías aceptado que no era un insulto mortal dejar que te comprara algo de ropa esencial, por el retraso sufrido en el viaje.

–¿Desde cuándo un vestido de verano es «ropa esencial»?

–No seas monótona, Aggie. El vestido no es esencial, ¿y qué? Prueba un poco de frivolidad de vez en cuando –no pudo evitar bajar la mirada hacia sus labios carnosos. Parecía que incluso cuando lo sacaba de quicio seguía excitándolo.

–¡Me consideras aburrida!

–Me parece que este es un lugar ridículo para hablar sobre cosas que ya están decididas. Estamos bajo la nieve. Lo último que necesitamos es sucumbir a un ataque de gripe.

Aggie giró sobre los talones y se alejó sin mirar atrás. Podía imaginar cuánto lo divertía su contradictorio comportamiento. Primero aceptaba cordialmente su generosidad y unos minutos después la criticaba y vituperaba. No tenía sentido. Era una actitud opuesta a la de la mujer sensata, templada y firme que creía ser.

En presencia de él la persona firme, templada y sensata parecía jugar al escondite.

Molesta consigo misma, hizo lo que tenía que hacer en el pueblo, lo que incluía comprar ropa interior funcional, volvió al hostal y se retiró a su dormitorio con una tetera. La línea telefónica del hotel al que iban seguía sin funcionar y tampoco pudo localizar a su hermano por móvil.

Tendría que haber estado retorciéndose las manos de preocupación por lo que iba a ocurrir. El fiero instinto protector hacia su hermano tendría que haber alzado la cabeza. Sin embargo, sentada junto a la ventana con su taza de té, se descubrió pensando en Luiz y recordando el roce de sus labios. Ese breve beso que había despertado todos sus sentidos.

Se descubrió deseando volver a verlo, aunque era inapropiado. Controló el impulso de bañarse y vestirse lo más rápido posible y bajó al comedor treinta minutos después de la hora acordada.

Hizo una pausa en la puerta. Luiz llevaba la ropa que presuntamente había comprado cuando se separaron: un par de vaqueros negros y un suéter negro de cuello redondo. Había echado la silla hacia atrás y delante de él tenía el portátil, que miraba con la frente arrugada.

Parecía un magnate controlando su impero a distancia. Era un hombre que podía tener cualquier mujer que deseara, eso quedaba claro solo con mirarlo. No tendría que afectarla tanto verlo. La había besado para hacerle callar y ella estaba allí mirándolo como si la hubiera levantado en brazos y la hubiera llevado a su cama.

Luiz alzó la cabeza y la vio observándolo. Cerró el ordenador y captó de un vistazo los vaqueros nuevos, más ajustados, y una de las alegres camisetas de manga larga que se pegaba a sus curvas. Hacía calor en el comedor. No hacía falta llevar un jersey grueso.

–Espero no estar interrumpiendo tu trabajo –dijo Aggie, sentándose frente a él. Había una botella de vino enfriándose en una cubitera junto a la mesa y la miró con suspicacia. No era momento de cometer excesos.

–He terminado. Te alegrará saber que el trato está casi cerrado. Empleos salvados. Trabajadores felices. Puede que algunos incluso consigan un aumento de sueldo. ¿Qué compraste en el pueblo cuando me dejaste? –le sirvió vino y ella jugueteó con el tallo de la copa.

–Algunos juguetes –confesó Aggie–. Para el centro. Los niños no suelen recibir sorpresas. Pensé que sería agradable llevar algo. Los envolveré; se emocionarán. No pude comprar cosas caras, claro, pero encontré una tienda en la que nada costaba más de cinco libras.

Luiz observó la animación de su rostro. Eso era lo que les faltaba a las mujeres con las que salía. Todas eran bellas, algunas incluso habían salido en portadas de revista. Pero comparados con el rostro expresivo y alegre de Aggie, los de ellas le parecían vacíos y sin vida, de maniquí. No era extraño que lo cansaran tan pronto.

—Nada de más de cinco libras —murmuró él, transfigurado por lo emocionada que parecía.

Tras analizar el misterio de por qué la encontraba tan atractiva, Luiz concluyó que era porque ofrecía más que una cara bonita y un cuerpo sexy. Era obvio que su hastiado paladar necesitaba un cambio. Aggie no encajaba con lo que solía buscar, pero sin duda representaba un cambio de escena en todos los sentidos.

—¿Por qué me miras así? —exigió ella, suspicaz.

—Pensaba en mis Navidades excesivas —abrió las manos—. Empiezo a ver por qué piensas que vivo en una torre de marfil.

—Viniendo de ti, esa es toda una admisión —dijo Aggie con una sonrisa.

—Tal vez sea una de las desventajas de nacer rico —eso sí que era una admisión de su parte.

—Bueno, si te soy sincera —Aggie se inclinó hacia él con expresión cálida; que admitiera sus fallos derrumbaba sus defensas—. Siempre he pensado que perseguir el dinero era una pérdida de tiempo. Pero, aunque no digo que sea la panacea universal, lo pasé genial en la boutique.

–¿Qué disfrutaste más?

–Nunca me había sentado en un sofá y esperado a que me llevaran prendas para inspeccionarlas. ¿Contigo es siempre así?

–Yo no tengo tiempo de sentarme en sillas mientras me traen ropa –dijo Luiz con ironía–. Tengo sastre. Tiene mis medidas y me hace trajes cuando los necesito. También tengo cuenta en varias tiendas. Si necesito algo, lo pido. Tienen expertos que saben el tipo de cosas que me gustan. ¿Te gustó desfilar con la ropa para mí?

–Bueno... –Aggie se puso roja–. También era la primera vez que hacía eso. Supongo que querías ver lo que ibas a pagar. Eso ha sonado fatal, no es lo que quería decir.

–Sé lo que querías decir –tomó un sorbo de vino y la miró por encima de la copa–. Habría pagado con gusto por el privilegio de verte exhibir esa ropa para mí –murmuró–. Pero supongo que la idea te habría horrorizado. La verdad, fue una pena que hubiera más audiencia. Si hubiéramos estado solos habría insistido en que te quitaras el sujetador para probarte el vestido.

Aggie lo miró boquiabierta e incrédula.

–No lo dices en serio.

–Claro que sí –su incredulidad lo sorprendió.

–¿Por qué dices esas cosas?

–Soy sincero. No sé cómo ha ocurrido, pero me siento muy atraído por ti; y te lo digo porque sé que tú sientes lo mismo hacia mí.

–¡No es cierto!

–Déjame demostrarlo, Aggie.

Esa vez el beso no tuvo nada de volátil ni de gentil. Su fin no era distraerla sino demostrar algo. Y ella estaba tan indefensa ante su poder como lo habría estado ante un meteoro que fuera hacia ella a toda velocidad.

Con un suave gemido de rendición, se acercó más a él y se ahogó en sensaciones hasta entonces desconocidas para ella.

–Punto demostrado –Luiz se apartó por fin, pero siguió acariciándole la mejilla–. Solo queda decidir qué vamos a hacer al respecto...

Capítulo 6

AGGIE no podía dormirse. Las palabras de Luiz daban vueltas en su cabeza. Él había dejado el tema durante la cena, pero la electricidad chisporroteaba entre ellos y el ambiente estaba cargado de imágenes de ellos juntos en la cama.

Se preguntaba si había sido transparente desde el principio y cuándo se había dado cuenta él de su atracción. Ella se había esforzado por ocultar lo que sentía y él lo había mencionado con toda tranquilidad, como si fuera algo obvio.

Era un hombre muy físico y no le costaría ver el sexo entre ellos como la consecuencia natural de su atracción mutua. No sentiría la menor ansiedad ni pensaría que estaba dando esquinazo a su amor propio. Independientemente de las razones del viaje, para él una relación sexual sería un tema separado que podría compartimentar. Estaba acostumbrado a relaciones que no incidían en otras áreas de su vida.

Poco después de la una, comprendió que no tenía sentido intentar obligarse a dormir. Se puso la bata de cortesía, metió los pies en las zapatillas y fue a la puerta. Una desventaja de un sitio tan pequeño era que no había servicio de habitaciones para esas veces que el sueño se resistía y hacía falta un vaso de leche caliente. La señora Bixby les había dicho dónde estaba todo y que eran libres de usar la cocina cuando quisieran.

Aggie se tomó su tiempo en la cocina. Una taza de chocolate caliente le pareció mejor idea que un vaso de leche, y la distraería de pensar en Luiz. Intentó, sin éxito, olvidar el placer que había sentido cuando él admitió haberla mirado y no pudo evitar preguntarse cuándo lo había hecho.

Subió la escalera con la taza de chocolate en la mano, diciéndose que nada de eso importaba. Lo importante era acabar con el viaje cuanto antes y, pasara la que pasara, ella podría volver a su vida normal, a su rutina. Al menos había conseguido que él dejara de cuestionar sus motivaciones y probablemente tampoco sospechaba ya de su hermano. Seguía sintiéndose obligado a intervenir en una relación que consideraba inaceptable, pero al menos no habría acusaciones de oportunismo.

Si embargo, cuando Aggie intentaba recordar su rutina antes de que surgieran las complicaciones, se descubría pensando en Luiz. Su rostro oscuro y sexy se superponía a las imágenes de los niños en el colegio.

No esperaba encontrarse con el objeto de sus febriles pensamientos al final de la escalera. Alzó la mirada de la taza de chocolate caliente, que no quería derramar, y allí estaba. No en el último escalón sino en la penumbra del rellano, en la puerta de uno de los dormitorios, con una toalla enrollada a la cintura y otra colgando del cuello,

Aggie parpadeó con furia para aclarar su visión, cuando la imagen siguió intacta emitió un sonido inarticulado y se quedó paralizada.

–¿Qué estás haciendo aquí? –preguntó, con voz acusadora, cuando él se acercó y la liberó del tazón al ver cómo le temblaban las manos.

–Yo podría hacerte la misma pregunta.

–Yo... tenía sed.

Luiz no contestó. Solo había cinco habitaciones en la planta y, si no lo hubiera sabido ya, habría adivinado cuál era la de ella porque era la única con la luz encendida. Brillaba por debajo de la puerta como un faro y fue directo hacia ella. Aggie no tuvo más opción que seguirlo.

La imagen de la espalda ancha y bronceada, de hombros fuertes, le provocaba temblores. Le dolían los pechos. Todo su cuerpo se empeñaba en recordarle la futilidad de negar la atracción sexual que él había indicado antes y que llevaba consumiéndola las últimas horas en vela.

Él no tenía ninguna prisa. Mientras los nervios de ella se desmadejaban, él, fresco como un pepino, le hacía una reverencia en la puerta del dormitorio. Ella se detuvo bruscamente en el umbral, para impedirle el paso.

–Buenas noches.

Le ardían las mejillas y no se atrevía a mirarlo a los ojos, pero imaginaba su sonrisita burlona.

–Así que no podías dormir. No estoy seguro de que una bebida caliente ayude. Tengo la sensación de que es un cuento de viejas... –Luiz no intentó entrar al dormitorio. Era una maldita coincidencia que se hubieran encontrado en el descansillo, un misterio del destino. Lo llamaban la ley de la atracción. Recordó que una chica le había hablado de eso y había escuchado cortésmente, pensando para sí que estaba loca. Sin embargo, acababa de verla en funcionamiento; había estado pensando en la mujer que tenía delante y había decidido refrescar sus ideas con una ducha. Y se la había encontrado en la puerta. Nunca había creído que agradecería a la providencia que el hostal solo tuviera dos habitaciones con baño privado.

—Tenía sed, ya te lo he dicho.

—A mí también me costaba dormir —dijo Luiz con sinceridad. La miró y comprobó que incluso a esa hora, despeinada y sin maquillar, estaba preciosa. Lo bastante como para levantarla en brazos y llevarla a la cama que había tras ella.

Notó el empuje de su erección, dura como el acero, y se le aceleró la respiración.

Aggie carraspeó y dijo algo cortés como «oh, vaya, lo siento». Luiz sonrió y le dio el tazón.

—¿Te gustaría saber por qué?

—En realidad no me interesa.

—¿En serio? —Luiz obtuvo su respuesta de la pausa que precedió a la previsible negativa.

No se había equivocado con ella. Lo deseaba tanto como él a ella. Su boca se curvó satisfecha y se planteó dejar de lado la conversación y besarla. Introducir sus manos en el revuelto pelo rubio y atraerla para demostrarle lo excitado que estaba. Besarla hasta que ella suplicase que no parara. Nunca se había sentido así con ninguna mujer.

Había pasado las dos últimas horas tumbado en la cama, mirando al techo con las manos tras la cabeza, pensando en ella. Tras expresarle su deseo había dejado el tema con la esperanza de que la semilla, una vez plantada, enraizara y creciera.

—Te deseo —murmuró con voz ronca—. No puedo

decirlo más claro. Si quieres, puedes tocar la prueba tú misma para confirmarlo.

–Y supongo que siempre consigues lo que deseas –dijo Aggie. El corazón le latía con tanta fuerza que apenas podía pensar a derechas.

–Dímelo tú. ¿Lo conseguiré?

Aggie inspiró profundamente y lo miró.

–No –luchó contra el embrujo de sus fabulosos ojos oscuros.

Durante unos segundos, Luiz creyó haber oído mal. ¿Acababa de rechazarlo? Las mujeres nunca le decían que no. ¿Por qué iban a hacerlo? Sabía muy bien lo que el sexo opuesto veía en él.

–No –musitó el monosílabo–. ¿Qué quieres decir con «no»? –estaba realmente desconcertado.

–Quiero decir que te has equivocado –farfulló ella. Su cuerpo anhelaba que él la tocase y la intensidad del deseo la asustaba.

–Puedo sentir lo que sientes –dijo él–. Hay algo entre nosotros. Química. Ninguno de los dos la buscaba, pero esta ahí.

–Sí, bueno, pero eso no importa –afirmó Aggie con mirada resuelta.

–¿Qué quieres decir con «eso no importa»?

–Estamos en lados opuestos de la valla, Luiz.

–¿Cuántas veces tengo que admitir que eres inocente de las acusaciones que hice al principio?

–Esa es una valla importante, pero hay otras. Perteneces a una dinastía. Puede parecerte divertido jugar un rato, pero yo no soy un juguete que puedas desechar cuando te canses de él.

–No he sugerido que lo fueras –Luiz pensó que le encantaría jugar con ella, si fuera un juguete.

–Que no sea rica y proceda de un centro de acogida, no significa que no tenga principios.

–Si he insinuado eso, te pido disculpas.

–¡Tampoco significa que sea débil! –Aggie obvió su disculpa porque sabía que tenía que aprovechar el momento para huir.

–¿Qué quieres decir con eso? –Luiz tenía la extraña sensación de haber perdido el control.

–Que no voy a rendirme al hecho de que sí, eres un hombre muy atractivo y estamos compartiendo un espacio...

–No puedo creer lo que estoy oyendo.

–Ya, no es culpa mía que tu suerte en la vida te haya permitido conseguir cuanto querías con chasquear los dedos.

Luiz miró esos ojos aguamarina que harían perder el sentido a cualquier hombre y sacudió la cabeza sin entender. Cierto que había tenido suerte y siempre conseguía lo que quería, pero no venía al caso. La tensión sexual entre ellos era tangible. ¿Qué tenía de malo que dos adultos se rindieran a lo que ambos deseaban, aunque ella no tuviera el coraje de admitir que era así?

–Así que... –Aggie puso la mano en el pomo de la puerta. Agradeció el apoyo, porque le temblaban las piernas–. Si no te molesta, estoy muy cansada y me gustaría volver a la cama.

No se atrevió a mirarlo a los ojos, pero mantenerlos bajos tampoco era buena idea, porque eso la obligaba a mirar el pecho salpicado de vello oscuro, los pezones marrones y planos y los bien definidos músculos y tendones.

Luiz, al ver que lo estaba despachando, se dijo que,

por lo que a él concernía, esa mujer era historia. Que él recordara, nunca lo habían rechazado antes; y en ese momento lo estaban rechazando con cortesía y firmeza. No perseguía a las mujeres y no iba a cambiar de estilo.

–Por supuesto –aceptó con voz fría.

Aggie notó su distanciamiento y no le gustó.

–Te veré por la mañana. ¿A qué hora quieres salir? –lo miró de frente–. ¿Seguirás dispuesto a hacer ese desvío a... ya sabes? Lo entenderé si quieres llegar a nuestro destino lo antes posible –ofreció. Pero echaría de menos ver a Gordon, a Betsy y a los niños. Las oportunidades de hacer una visita como esa eran escasas. Inexistentes.

–¿Y tú cuestionas mis motivaciones?

–¿Qué quieres decir? –esa vez fue Aggie la que se sorprendió por el comentario y el tono desdeñoso y duro de su voz.

–Acabas de decidir que soy un tipo incapaz de controlar sus instintos más básicos, sin embargo, no puedo sino cuestionar cómo eliges a los hombres; me has colocado en la categoría de los que dan su palabra sobre algo y luego la retiran cuando si deja de parecerles conveniente.

–Yo no he dicho... –enrojeció y lo miró boquiabierta.

–¡Claro que sí! Dije que nos desviaríamos para que visitaras el centro y mantendré mi promesa. Seré muchas cosas, pero también soy honorable.

Se marchó y Aggie se apoyó en la puerta como una marioneta a la que hubieran cortado las cuerdas de repente. Todos sus huesos parecían de gelatina. Inspiró con fuerza intentando no pensar en lo ocurrido. Algo imposible, por supuesto. Aún captaba su aroma y el impacto de su presencia.

Así que él le había tirado los tejos. No era la primera vez que le ocurría eso. Pero era exigente y solía rechazar a los hombres sin pensarlo.

Pero ese hombre concreto...

La excitaba. Hacía que adquiera conciencia de su sexualidad y deseara explorarla. Incluso con todas las diferencias y cosas que tenían en contra.

Se dijo que había hecho bien rechazándolo. Aggie sabía que montones de mujeres habrían aprovechado la oportunidad de acostarse con él. No solo era guapísimo, además era persuasivo e irresistiblemente sexy. Su arrogancia, por un lado la dejaba fría, por otro la hipnotizaba.

Por suerte, era lo bastante fuerte para resistirse a la tentación. Se acostó y cerró los ojos, orgullosa de sí misma. Olvidando la taza de chocolate y totalmente desvelada, Aggie se preguntó por esas otras mujeres que sí se habían rendido. Él siempre conseguía lo que quería, pero no entendía qué lo había entretenido de una mujer como ella. Era bonita, pero él tenía a su alcance mujeres mucho más guapas sin tener que aguantar que lo cuestionaran, discutieran con él o se negaran a dar su brazo a torcer.

Aggie concluyó que tal vez fuera verdad eso de que un cambio equivalía a un buen descanso.

Ella era distinta y él había supuesto que podía agarrarla como una fruta, probarla y dejarla a un lado para volver a las frutas habituales.

La preocupaban más sus propias motivaciones, porque ella sí se tomaba las relaciones en serio. ¿Por qué se sentía atraída por él? Quizás una parte oculta de sí misma, libre de ataduras, principios y buen juicio, se centraba solo en lo físico.

También se preguntaba cómo se llevarían tras incluir ese ingrediente en la mezcla. ¿Sería frío y distante con ella porque lo había rechazado?

Aunque no tendría que importarle, le importaba. Tras haber captado atisbos de su encanto, inteligencia y sentido del humor, odiaba la idea de tener que enfrentarse a su frialdad.

Pronto descubrió que no tendría que haberse preocupado tanto. Cuando bajó a desayunar la mañana siguiente lo encontró charlando con la señora Bixby. Aunque su expresión era inescrutable, la saludó sin rastro de hostilidad o rencor y la involucró en la conversación sobre el paisaje en la ruta que seguirían.

Luiz se dio cuenta de que ella se esforzaba por no mirarlo y concentrarse en la señora Bixby. Él había conseguido superar su reacción inicial a su rechazo. La noche anterior la había dejado airado y molesto por la desagradable novedad de perder la partida. Pero seguía siendo un hombre con un autocontrol extremo. Aplicaría la filosofía de «a veces se gana y a veces se pierde». Ya era hora de descubrir lo que se sentía al perder. Y con un mujer que no sería más que una breve e insignificante anécdota en su vida.

Afuera nevaba menos. Aggie había telefoneado al colegio, había explicado su ausencia vagamente y pedido disculpas.

–Ya sabes cómo son las cosas por aquí cuando solo falta una semana para las vacaciones. Mucho juego y poco trabajo –había bromeado el director–. Si tienes problemas familiares, no te sientas culpable por tomarte todo el tiempo que necesites.

Pero Aggie sí se sentía culpable, porque los supuestos «problemas familiares» eran más bien complicaciones que había exagerado un poco.

Miró a Luiz subrepticiamente, preguntándose qué estaría pensando. Su voz grave y sexy la rodeaba y hacía que se le fuera la cabeza.

–Más vale que aprovechemos la mejoría del tiempo. No durará –dijo Luiz con voz cordial cuando la señora Bixby se marchó–. Mientras subes por tu bolsa, pagaré la cuenta, nos veremos en recepción.

Aggie pensó que tendría que alegrarse de que él actuara con normalidad, como si no hubiera ocurrido nada. Era como si su encuentro de madrugada hubiera sido un sueño.

La señora Bixby los despidió con cariño y por fin subieron al coche. Luiz le pidió que introdujera la dirección del centro de acogida en el navegador y ella lo hizo.

Tardarían unas horas en llegar y el tiempo empeoraría mientras avanzaran hacia el norte. Habían tenido suerte encontrando un lugar agradable donde pernoctar, pero no podían arriesgarse a que ocurriera de nuevo.

Luiz charlaba amigablemente y eso horrorizó a Aggie. Había adquirido conciencia de la chispa de electricidad que había chisporroteado entre ellos al echarla en falta porque había desaparecido.

Cuando la conversación flaqueó, Luiz encendió la radio y no volvieron a hablar. Ella se sumió en sus pensamientos y perdió la noción del tiempo hasta que él apagó la radio y el motor.

–Parece que hemos llegado.

Por primera vez desde el inicio del viaje, Luiz vio una sonrisa de deleite y placer tan espontánea que se quedó sin aire. Se preguntó si en esa sonrisa había alivio por pasar un rato libre de su compañía. Aggie había dejado muy claro que su antipatía hacia él cancelaba cualquier tipo de atracción física que pudiera sentir.

–Hace muchísimo tiempo que no vengo –dijo ella con fervor, uniendo las manos–. Quiero pasar un ratito aquí sentada, absorbiéndolo todo.

Luiz pensó que hablaba como si fuera una hija pródiga regresando a su mansión palaciega. Pero allí solo había una casa mediana con jardines a ambos lados de un camino de gravilla. Se veían columpios y juguetes de exterior diversos y una de las ventanas de la planta inferior parecía cubierta de dibujos. En la parte de atrás había árboles escasos de follaje y sin mayor interés.

–Es el mismo autobús –dijo ella con cariño, señalando un destartalado vehículo que había a un lado–. Betsy siempre se ha quejado de él, pero creo que le gusta que sea tan impredecible.

–No es como había imaginado. Parece muy pequeño para una tribu de niños y adolescentes.

–Nunca hay más de diez niños a la vez, y es más grande por la parte de atrás. Hay un invernadero, en el que Betsy y Gordon pueden relajarse por la tarde, mientras los mayores hacen los deberes –puso la mano en su antebrazo–. No entres si no quieres. El pueblo está cerca; podrías ir a tomar un café. Tienes mi número de móvil. Llámame cuando te canses e iré.

–No te avergonzarás de mí ¿verdad?

–¡Claro que no! Lo decía por ti. Sé que no estás acostumbrado a... este tipo de cosas.

–¡Deja de convertirme en un estereotipo! –Luiz rechinó los dientes y ella se estremeció.

Él no se había quejado ni una vez en el hostal. De hecho, había parecido impresionado con todo y había sido encantador con la señora Bixby. Aggie se avergonzó de haberlo etiquetado; por rico que fuera no se merecía que lo encasillara.

–Lo siento –se disculpó.

–Tómate tu tiempo –dijo él–. Yo llevaré la bolsa dentro de un rato y observaré sin molestar. Acabo de pasar horas conduciendo. Prefiero ahorrarme otro viaje en busca de una cafetería.

Dicho eso, se quedó en el coche y le concedió media hora para que se relajara en su entorno sin él. Intentó pensar en el trabajo, pero era imposible concentrarse mientras su mente pasaba del viaje que tenían por delante a imaginar cómo se sentiría ella reuniéndose con su seudofamilia. Por más que le pesara, ella seguía considerándolo una figura de cartón piedra, y no podía culparla. Había irrumpido en su vida como un elefante en una cacharrería, había dejado claras sus intenciones, había opinado sobre el problema y ofrecido una solución financiera para acabar con él. En resumen, había hecho cuanto ella esperaba que hiciera alguien rico y privilegiado.

En el pasado nunca se había planteado cómo interactuaba con la gente. Siempre había confiado en su capacidad, su poder y su influencia. Como único varón de una familia infinitamente rica, había aceptado la responsabilidad de hacerse cargo del imperio familiar e incrementarlo. Pero eso iba acompañado de las ventajas que proporcionaba el dinero y de una actitud que algunos considerarían arrogante y despótica.

Nadie se lo había hecho notar antes, seguramente porque estaba rodeado de gente que lo temía y respetaba. No se atrevían a criticarlo.

Pero Agatha Collins no era así. No callaba a la hora de señalar lo que la disgustaba de él, aunque no dudaba en pedir perdón si creía que había sido injusta. Era una mujer que decía lo que pensaba sin que le importaran las consecuencias.

Con ese pensamiento en mente, bajó del coche, sacó del maletero la bolsa de regalos, envueltos en papel navideño y fue hacia la casa.

La puerta se abrió antes de que pulsara el timbre. Experimentó unos segundos de desorientación por sobrecarga sensorial.

Ruido, calor, niños, risas, olor a comida, colores brillantes en los dibujos que adornaban las paredes, abrigos colgando de la pared, una hilera de zapatos y botas de agua junto a la puerta. A la altura de medio muslo, un niño de pelo oscuro, ojos marrones y rostro curioso manchado de chocolate, anunció su nombre y también dijo que sabía quién era él porque Aggie se lo había dicho y por eso Betsy le había dejado abrir la puerta esa vez, porque a los niños nunca les dejaban abrir. Lo dijo todo de corrido, mientras otros niños de tamaños diversos se acercaban a ellos.

Luiz no se había sentido tan observado en su vida. Ser el centro de atención de una docena de ojos infantiles paralizó sus cuerdas vocales. Sintió un gran alivio cuando apareció Aggie acompañada de una mujer alta de unos setenta años, con rostro severo y pelo cano recogido en un moño. Cuando sonrió su rostro irradió calidez y no le quedó duda de que los niños la adoraban.

–Pareces agobiado –susurró Aggie, después de las

presentaciones. Betsy le había asegurado que ese jaleo no era habitual, pero que estaba siendo más permisiva porque era Navidad. Había insistido en que tenían que comer antes de irse.

–¿Agobiado? Yo nunca me agobio –le contestó a Aggie–. Abrumado, más bien.

–Es sano sentirse abrumado de vez en cuando –Aggie se rio, relajada y feliz.

–Lo tendré en cuenta –le costaba dejar de mirar su rostro risueño–. Hay mucho ajetreo.

–Siempre. Y Betsy insistirá en enseñártelo todo, me temo. Está muy orgullosa de lo que ha hecho con la casa.

Dejaron atrás varias habitaciones y fueron a la parte trasera de la casa donde un invernadero se abría a un gran terreno con un bosquecillo al fondo, que él supuso sería un paraíso para los niños en verano, con buen tiempo.

–No tardaremos mucho –prometió ella–. Como he venido, han adelantado la fiesta de entrega de regalos navideños. Espero que no te importe.

–¿Por qué iba a importarme? –dijo Luiz. Lo irritaba que, a pesar de haber decidido olvidarse de ella, no podía controlar el efecto que tenía en su libido. También lo frustraba enormemente estar batallando con los celos. Desde que estaban allí, una sonrisa esplendorosa iluminaba el rostro de Aggie. Pero él la había visto muy pocas veces.

Ni entendía, ni le gustaban sus emociones. Le gustaba controlar su vida y todo lo que lo rodeaba. Agatha Collins escapaba a su control. Cualquier otra mujer se habría sentido halagada por su interés y no habría dudado en acostarse con él.

Ya era malo haber sido rechazado, pero descubrir que quería volver a intentar derrumbar sus defensas rondaba lo inaceptable.

–Pensé que te aburrirías –admitió Aggie, sonroján-dose con culpabilidad–. Además...

–Además, ¿qué?

–Sé que estás enfadado conmigo.

–¿Por qué iba a estar enfadado contigo? –preguntó Luiz con frialdad.

–Porque te rechacé y sé que eso debe de... Sé que habrás... Bueno, supongo que herí tu ego.

–Me deseas. Te deseo. Propuse que hiciéramos algo al respecto y tú decidiste que no querías. No cabía la posibilidad de que hirieras mi orgullo.

–Simplemente, no veo el sexo de una forma tan fría –Aggie se avergonzaba de su deseo de ofrecerle una explicación–. Pasas de una mujer a otra y...

–Y tú no eres un juguete que se desecha cuando se acaba la novedad. Creo que eso ya lo dejaste claro.

–Esa es la única razón de que me sienta incómoda pidiéndote que hagas este esfuerzo.

–Pues no lo hagas. Disfruta. El final del viaje está a la vuelta de la esquina.

Capítulo 7

NO LLEGAREMOS a Sharrow Bay esta noche.
–Depende de cuánto empeore el tiempo –dijo Luiz, mirándola con el ceño fruncido. Llevaban conduciendo menos de una hora

–No creo que tenga sentido correr algún riesgo en la carretera. Dudo que Mark y Maria vayan a irse con esta nevada. Hemos pasado más tiempo del previsto en Sieterrobles y te pido disculpas por eso.

Aggie no sabía cómo atravesar la barrera que Luiz había erigido a su alrededor. En el centro de acogida había charlado y sonreído, pero había notado su frialdad con ella. Odiaba sentir que un campo de fuerza invisible la apartaba de él.

–Espero que no te pareciera demasiado mal –una vez mas intentó revivir una conversación que amenazaba con seguir el mismo ritmo que las anteriores: estrellarse contra el desinterés de Luiz.

Su orgullo, dignidad y sentido de rectitud moral por haber rechazado la propuesta de sexo sin compromiso se habían desintegrado, dejándole la incómoda sensación de haber cometido un terrible error. Se preguntaba por qué no había aceptado lo que le ofrecía. El sexo no tenía por qué conducir a un compromiso serio. Él no le ofrecería ternura ni le susurraría dulzuras al oído, pero el poder de la atracción sexual que ejercía sobre ella compensaría esas lacras.

No había razón para que, por una vez en su vida, no aprovechara la oportunidad sin pensar en las consecuencias.

Había tenido tres relaciones en su vida y, sobre papel, todas habían parecido tener futuro. Habían sido tipos creativos, divertidos y de espíritu libre, muy distintos a Luiz. Habían disfrutado yendo a clubs, asistiendo a manifestaciones de protesta y actuando siguiendo sus impulsos.

Pero se había aburrido con su comportamiento, que había acabado pareciéndole juvenil e irresponsable. Se había hartado de que los planes nunca se concretaran, de pasar los sábados en la cama porque ninguno de ellos tenía moderación al beber, y si intentaba intervenir la acusaban de ser una aburrida. Con todos ellos, había acabado odiando lo que le había parecido atractivo al principio. Siempre había llegado un punto en el que subir en la parte de atrás de una motocicleta para ir en pos del viento le había parecido una pérdida de tiempo.

Luiz era muy distinto. Su autocontrol era formidable. Se preguntaba si había hecho algo espontáneo alguna vez en su vida. Probablemente no. A pesar de eso, o precisamente por ello, su deseo por él estaba libre de las consideraciones habituales. Lo había rechazado por ser de los que tenía relaciones con mujeres solo por sexo, como si las únicas relaciones dignas de consideración fueran aquellas en las que uno se pasaba el tiempo analizando emociones. Excepto que había probado esas y ninguna había funcionado.

–A los niños les gustaste –perseveró ella–. Y también a Betsy y a Gordon. Supongo que te abrió los ojos visitar un lugar como ese. Tu pasado no podría haber sido más distinto.

Como si se tratara de un rompecabezas, Luiz empezaba a ver cómo encajaban las piezas que habían hecho que Aggie se convirtiera en la mujer que era. Para él, resultaba nuevo y frustrante encontrarse en la situación de querer investigar lo más profundo de una mujer. Ella era suspicaz, orgullosa, defensiva y muy independiente. Había tenido que serlo.

–Hay un hotel cerca de aquí, por cierto, en caso de que estés de acuerdo conmigo en qué tenemos que parar. En el próximo pueblo... –con cada minuto de silencio que pasaba, Aggie sentía que sus posibilidades de atravesar esa barrera se alejaban de su alcance.

–¿En serio? ¿Cómo lo sabes? –Luiz percibía la tensión que emanaba de ella. Había dejado de ser la persona alegre y risueña que había visto en el hogar de acogida. Por su parte, Luiz se habría arriesgado a seguir de viaje. Quería acabar con su misión, pero había perdido la determinación que lo había animado al principio y sentía resignación por la desagradable tarea que le esperaba.

El corazón de Aggie se aceleró. Sabía lo del hotel porque había consultado el ordenador que Betsy tenía en su despacho. Porque cuando había visto a Luiz con los brazos cruzados, observando el reparto de regalos navideños, había comprendido que, por arrogante y despiadado que fuera, también podía ser generoso y comprensivo. Podría haber rechazado su petición de desviarse. Estaba perdiendo horas de trabajo y, cuanto antes solucionara el asunto de Mark y su sobrina, sería mejor para él. Sin embargo, además de aceptar había demostrado interés en todo lo que decían Betsy y Gordon y había interactuado con los niños, que habían quedado fascinados por el guapo y sofisticado desconocido.

Orgullosa de él, había sentido una oleada de deseo insoportable.

–Hace unos kilómetros vi una señal –cruzó los dedos tras la espalda al decir esa mentira piadosa–. Recuerdo haber oído a Betsy mencionar hace años que estaban construyendo un hotel de lujo cerca de aquí, para atraer a los turistas.

–Yo no he visto ninguna señal.

–Era pequeña y estabas concentrado en la conducción.

–¿No preferirías seguir? Llegaríamos a nuestro destino dentro de una hora o poco más.

–Preferiría no seguir, si no te molesta –de repente, ella se dio cuenta de que la oferta que le había hecho no seguía en pie. No era de la clase de hombres que perseguía a las mujeres. Y ella lo había rechazado. No sabía si quería arriesgar su orgullo lanzándose a sus pies cuando él deseaba poner fin al viaje para volver a su vida habitual–. Tengo un poco de dolor de cabeza. Supongo que por todas las emociones de hoy, por ver a Gordon, a Betsy y a los niños. Cuando nos íbamos, Betsy me dijo que Gordon está enfermo, ha tenido problemas de corazón. Me preocupa lo que hará si a él le ocurre algo.

–De acuerdo. ¿Dónde está el desvío?

–¿Estás seguro? Ya has hecho mucho por mí hoy –Aggie contuvo el aliento. Si lo veía titubear, abandonaría su estúpido plan; aceptaría que había perdido su oportunidad.

–¿Y el desvío?

–Te daré indicaciones.

No le preguntó cómo conocía la dirección completa del hotel, incluyendo el código postal, por si les hacía falta usar el navegador. Quince minutos después vieron una señal, una real, y Aggie dejó escapar un suspiro de alivio cuando llegaron al patio de una pequeña y elegante casa de campo. Parecía una escena de postal.

Había algunos coches aparcados, pero era obvio que había tan poco negocio como en el hostal de la señora Bixby. Solo unos pocos lunáticos se atrevían a conducir hacia el norte.

–Como ha sido sugerencia mía –dijo Aggie mientras subían por la escalera que conducía a los dormitorios–, yo pagaré la cuenta.

–¿Tienes dinero para hacerlo? –preguntó Luiz–. No tiene sentido sugerirlo si no puedes.

–Puede que no sea rica, ¡pero no estoy arruinada! –le gritó. No era la mejor estrategia para conseguir llevárselo a la cama–. Estoy haciendo esto fatal –masculló para sí.

–¿Qué estás haciendo fatal? –Luiz se detuvo y la miró.

–No eres como los tipos con los que he salido.

–No creo que la escalera de un hotel sea el lugar adecuado para mantener una conversación sobre los hombres con los que te has acostado –giró sobre los talones y siguió subiendo.

–¡No me gusta que seas así conmigo! –Aggie tironeó de la manga de su jersey hasta que se dio la vuelta y la miró con impaciencia.

–Aggie, ¿por qué no vamos a nuestras habitaciones y quedamos para cenar dentro de una hora? Este viaje se está volviendo interminable. Llevo demasiado tiempo lejos del trabajo y tengo cosas en la cabeza. No me apetece mantener una conversación histérica y emocional contigo.

A Luiz le resultaba imposible manejar su obsesión por ella. Se preguntó si pasar tanto tiempo con ella lo estaba volviendo loco. Ni siquiera se había planteado que ella pudiera rechazarlo. Tal vez por eso cuando la había observado con Betsy, Gordon y esos niños solo había podido pensar en cuánto deseaba tenerla en su cama. Quizás fuera tan arrogante que no podía aceptar el no de una mujer.

Esos inusuales sentimientos lo habían dejado inquieto y de mal humor. Le habría gustado borrarla de su mente como solía borrar los inconvenientes que a veces surgían en su vida. Eso siempre se le había dado bien; sabía que no servía de nada dejarse despistar por aquello que no podía controlar. Aggie lo despistaba y lo último que necesitaba era una conversación que no llevaría a ningún sitio.

–No estoy histérica –Aggie inspiró profundamente. Acostarse con Luiz era algo que nunca se habría planteado, pero eso era porque no había creído que existiera una atracción sexual tan intensa como para hacer trizas sus principios.

Había llegado a la conclusión de que, aunque era una locura acostarse con un tipo cuya actitud hacia las mujeres le parecía inmoral, se arrepentiría eternamente si no lo hacía. Y, si iba a acostarse con él, quería tener cierto control. No podía dar al traste con una vida de independencia por una decisión tomada en cinco minutos.

–Solo quiero hablar. Aclarar las cosas.

–No hay nada que aclarar, Aggie. He hecho lo que me pediste y me alegra que hayas pasado un buen rato viendo a tus amigos, eso es todo.

–Puede que haya cometido un error.

–¿De qué estás hablando?

–¿Podemos hablarlo arriba? ¿En tu habitación? O podríamos bajar a la salita, estaba vacía.

–Si no te importa que me cambie mientras hablas, sígueme a mi habitación –le dio la espalda y siguió subiendo.

Una vez en el dormitorio, Luiz se quitó el suéter y lo dejó sobre la silla que había junto a la ventana. Habían subido sus bolsas de viaje a sus respectivas habitaciones, y él rebuscó en la suya.

–No quería hacer este viaje contigo –empezó Aggie, titubeante. Luiz se volvió hacia ella.

–Si piensas recriminarme otros veinte minutos, te aseguro que no estoy de humor –pero mientras lo decía, estaba admirando su cascada de pelo rubio y los esbeltos contornos de su cuerpo, embutido en unos vaqueros nuevos y en un jersey borgoña oscuro, más ajustado y sexy que los que solía usar. Una vez más, su falta de control físico le hizo apretar los dientes con frustración–. Y no quiero oír esa retahíla sobre pagar tu parte.

–No pensaba hablar de nada de eso –apoyó la espalda en la puerta cerrada.

–Entonces, ¿qué querías decirme?

–Nunca he conocido a nadie como tú.

–Eso ya lo mencionaste antes –dijo Luiz, seco–. Si no tienes nada que añadir, sugiero que vayas a refrescarte antes de la cena.

–Quería decir que nunca pensé que pudiera sentirme atraída por alguien como tú.

–Estas conversaciones no van conmigo, Aggie. Si la autopsia de una relación es más que mala, la de una relación inexistente es imposible. Voy a ducharme –empezó a desabrocharse la camisa.

Aggie sintió una súbita y temeraria excitación. Nunca le había gustado asumir riesgos. Desde muy joven se había sentido responsable de Mark, y también había descubierto que el éxito no se basaba en el riesgo. Se basaba en el trabajo. Los riesgos eran para la gente que contaba con red de seguridad. Y ella nunca la había tenido,

Ni siquiera en sus relaciones se había apartado de lo que su cabeza le dictaba que debía gustarle. Y no habían funcionado. En ningún momento había pensado que tal vez debería cuestionar lo que le decía su cabeza.

Luiz, tan diferente a la gente que conocía, al irrumpir en su vida de la peor manera, había provocado una vorágine mental que la había trasladado a un territorio desconocido y que no entendía. Había reaccionado atacándolo.

–Quisiste seducirme y me arrepiento de haberte rechazado –dijo Aggie tras tomar aire.

–No te entiendo –Luiz, que estaba a punto de quitarse la camisa, dejó caer los brazos a los lados y estrechó los ojos.

Aggie abandonó la seguridad de la puerta y fue hacia él. Cada paso incrementaba su tensión.

–Siempre pensé que no podría hacer el amor con un tipo si no me gustaba de verdad –dijo ella.

–¿Y los novios que has tenido?

–Me gustaban de verdad. Para empezar. Y por favor, no lo digas como si me acostara con cualquiera; no lo he hecho. Siempre he dado mucha importancia a la compatibilidad

–Todos cometemos errores –Luiz no se planteó rechazarla. Sentía una atracción demasiado fuerte y se conocía lo bastante para saber que necesitaba saciarla–. Pero parece obvio que lo de la compatibilidad no funcionó –añadió con cierta satisfacción.

–No, no funcionó –admitió Aggie. Lo miró de reojo y se estremeció. Era guapísimo. No era extraño que su fuerza de voluntad se hubiera evaporado. Se le ocurrió que seguramente él solo la deseaba porque era muy distinta a las mujeres con las que salía, pero eso ya no parecía tener importancia, no iba a luchar contra la tentación.

–¿Qué ocurrió? –Luiz se sentó sobre la enorme cama con dosel y entrelazó las manos en la nuca. La camisa abierta revelaba su torso musculoso y bronceado. Parecía un conquistador esperando a su concubina, y a ella le gustó.

–Eran espíritus libres –Aggie encogió los hombres–. Eso me gustó al principio. Pero supongo que no tengo mucho de espíritu libre.

–No. No lo tienes –le dedicó una sonrisa lenta y seductora–. ¿Vas a seguir ahí de pie o vas a venir conmigo? –dio una palmadita en la cama y a Aggie le dio un vuelco el corazón.

Fue hacia la cama y rio cuando él la atrapó y la atrajo hacia él. Sintió la risa como una liberación de sus defensas. Iba a olvidar su resentimiento para entregarse a algo mayor.

–¿Qué quieres decir con eso? –le preguntó, sentándose y sintiendo el calor de su cuerpo junto al de ella.

–No te impresiona el dinero. Pero un espíritu libre habría aceptado lo que ofrecía: el ordenador, el vestuario. Los habría considerado regalos y no lo habría pensado más. Tú rechazaste el ordenador y solo aceptaste la ropa porque te hacía falta y te convencí de que era lo lógico. Y aun así me dijiste que me la devolverías cuando llegáramos a Londres. Me criticas por querer controlarlo todo, pero tú tienes la misma tendencia.

–No nos parecemos en nada –seguían vestidos, mirándose. Había algo muy erótico en el ambiente, se mascaba la emoción del descubrimiento como un regalo por desenvolver.

–El dinero nos separa –dijo Luiz con ironía–. Pero he descubierto que en ciertas cosas nos parecemos mucho. ¿Crees que esta conversación sería más entretenida si estuviéramos desnudos?

Aggie dejó escapar un gemido traicionero y él contestó con una sonrisa satisfecha.

–Voy a preparar un baño –se puso en pie y le ofreció la mano–. Tu habitación es la de al lado. ¿Por qué no vas por algo de ropa...?

–Me siento rara –le confió Aggie–. Nunca me había enfrentado así a una situación íntima.

–Pero esta es una situación íntima que ninguno de los dos esperábamos –murmuró Luiz–. Eso en sí mismo es una novedad para mí.

–¿Qué quieres decir?

–No deja de sorprenderme cuánto me excitas.

–¿Es porque no me parezco a las mujeres con las que sales?

–No te pareces a las mujeres con las que salgo –corroboró él.

Aggie tendría que haberse sentido ofendida, pero habría sido ridículo. Él no se parecía nada a los hombres con los que ella había salido. La atracción física, como un torbellino, había cambiado los parámetros. Tal vez por eso la sensación fuera excitantemente peligrosa.

–Tú eres mucho más independiente y eso me excita –deslizó los dedos por su costado. Anhelaba verla desnuda, pero la espera resultaba embriagadora–. No eres una esclava de la moda y te encanta discutir.

Aggie pensó que si bien esas tres cosas suponían un cambio para él, se cansaría de ellas muy pronto. No era grave porque ella tampoco buscaba una relación larga con alguien tan diferente, pero sintió un pinchazo de decepción.

–Te gustan las mujeres sumisas –rio ella.

–Digamos que, en general, ha funcionado bien.

–Y a mí me gustan los tipos creativos, que no se dejan regir por el dinero.

–Sin embargo, misteriosamente, tus creativos pordioseros han mordido el polvo –Luiz descubrió, para su sorpresa, que no le gustaba la idea de que hubiera otros hombres en su vida. Era extraño, porque nunca había sido posesivo. De hecho, las mujeres que habían intentado despertar sus celos hablando de amantes del pasado, habían conseguido justo lo contrario.

–No eran pordioseros. Ninguno –Aggie se rio–. Pero el dinero les resultaba indiferente.

–Y al final te aburrieron.

–Empiezo a desear no haber mencionado eso –dijo Aggie, medio en broma, medio en serio–. Y si me aburrieron fue porque resultaron ser gente aburrida, no porque el dinero les fuera indiferente –se levantó de la cama–. Creo que me daré un baño en mi habitación.

–¿Te lo estás empezando a pensar? –Luiz se apoyó sobre un codo. Su voz sonó neutra, pero sus ojos se habían enfriado.

–No –Aggie lo miró a los ojos–. No me van ese tipo de juegos.

–Bien –volvió a relajarse. Haber sido rechazado una vez era terrible, serlo por segunda vez habría sido insostenible–. Entonces, ¿qué juegos te van? Creo que en eso podré ayudarte...

La promesa que había tras esas palabras le provocó un escalofrío, que no había desaparecido cuando regresó con él unos minutos después. No había mentido al confesar que nunca había llegado al sexo de esa manera: libre de toda mística romántica y de irreales expectativas de futuro. Lo que iba a haber entre ellos sería contacto físico en su expresión más concentrada.

La bañera estaba llena y olía a aceite de jazmín. El vapor que llenaba el enorme cuarto de baño no disminuyó el impacto de ver a Luiz, que solo llevaba una toalla enrollada a la cintura.

Afuera seguía nevando. En su habitación, Aggie había dedicado unos segundos a mirar por la ventana y darse cuenta de que Mark y Maria, y la razón de su viaje, no podían estar más lejos de sus pensamientos. No sabía cuándo había olvidado por qué estaba allí. Era como si hubiera entrado en otro mundo y dejado la realidad atrás. Le costaba recordar la rutina de su vida diaria.

Se preguntaba si Luiz tenía razón. Siempre se había considerado una persona de espíritu libre y, sin embargo, tenía la sensación de que era la primera vez que hacía algo impulsivo en su vida. Había creído que él era un magnate hambriento de poder y adicto a controlarlo todo y a todos, mientras que ella era completamente distinta. Pero tal vez la única diferencia fuera que él era rico y ella no, que él había crecido rodeado de privilegios y ella había tenido que luchar y estudiar para acceder a oportunidades en la vida.

–Ahora, lo que me gustaría... –farfulló Luiz. Aggie parpadeó y volvió al presente–, es poner en práctica lo que fantaseé con hacer mientras pasabas modelos para mí en la boutique. Esta vez quiero que me enseñes tu aspecto sin ropa –salió del cuarto de baño y se tumbó en la cama.

Aggie supo que, aunque no debería parecerle bien, le gustaba la idea. Antes de empezar a dudar sobre su decisión, se dijo que todo el mundo tenía derecho a probar algo nuevo, y ese era su momento. Cuando pasaran un par de días solo le quedaría el recuerdo de la única vez que se había desviado del camino que se había trazado.

Contempló, fascinada, cómo él retiraba la toalla que lo cubría y mostraba su erección. Casi se desmayó cuando él se tocó con la mano.

–Es muy fácil hacer que te sonrojes –murmuró Luiz con una sonrisa.

Ella empezó a desnudarse, al principio con dedos temblorosos, pero adquiriendo confianza bajo la mirada de admiración de sus ojos oscuros.

–Ven aquí –ordenó él, antes de que se quitara la ropa interior–. No puedo esperar más.

Aggie suspiró y echó la cabeza hacia atrás mientras él curvaba sus grandes manos sobre sus senos, cubiertos por un sujetador de encaje. Sus bocas se encontraron con un beso explosivo e intenso que tuvieron que tuvieron que hacer una pausa para tomar aire. Ella tenía los pezones tensos y sensibles y gimió cuando él buscó uno bajo el encaje y lo acarició con el pulgar.

Derritiéndose, ella se quitó las bragas, cuya humedad era prueba de su libido fuera de control.

Luiz se moría de deseo por ella. Le costó soportar

la breve separación de sus cuerpos mientras se desabrochaba y quitaba el sujetador.

Tenía los pezones grandes, con aureolas bien definidas. Él comprendió que llevaba fantaseando con ellos casi desde el primer día que la vio. No se había permitido verla de forma sexual mientras estaba ocupado intentando alejarla, con su hermano, de su sobrina y de la fortuna familiar. Pero el tiempo que habían pasado juntos había hecho que florecieran las semillas de la atracción.

—Tienes el rostro de un ángel —jadeó, poniéndola sobre él—. Y el cuerpo de una sirena.

—No estoy muy segura de eso —Aggie lo miró—. ¿No se supone que las sirenas son voluptuosas?

—Dios, eres preciosa... —sus manos casi rodeaban su cintura. La inclinó hacia él para tomar uno de sus senos con la boca y succionar el ardiente pezón. Le encantó cómo ella arqueó el cuerpo hacia atrás, ofreciéndose, y aún más sentir cómo apretaba los puños para intentar controlar las oleadas de sensaciones que la asolaban.

Deslizó la mano por la parte interior de su muslo y ella se movió para acomodarla. Se estremeció cuando un dedo se sumergió en su dulce humedad y empezó a acariciarla. Él siguió succionando su pezón con la boca y su dedo frotaba y presionaba el húmedo botón de su femineidad con el dedo hasta que ella no pudo soportarlo más. Se quitó de encima de él y se tumbó de espaldas, jadeando. Él rio suavemente.

—¿Demasiado? —preguntó. Ella gimió.

—No es justo. Ahora te toca a ti sentir que estás a punto de caer al abismo.

—¿Qué te hace pensar que no lo estoy ya?

Descubrió que no lo estaba. De hecho, descubrió que no tenía ni idea de lo que era estar al borde del abismo. Había estado confundiendo esa sensación con la de estar excitado.

Durante un largo rato, ella le demostró lo que era el borde del abismo. Lo tocó y paladeó hasta que el creyó haber muerto y subido al Cielo.

Sus cuerpos parecieron fundirse y convertirse en uno. Se acariciaron mutuamente. Él descendió de sus senos al vientre plano, al lunar que tenía sobre el ombligo y, por fin, a su zona más íntima.

Entreabrió los delicados pétalos y lamió con la lengua hasta que ella se retorció de placer, y enredó los dedos en su pelo, con los ojos cerrados. Él se dio un lento festejo con su dulce humedad, hasta que ella le suplicó que parara. Él podría haber seguido eternamente con la cabeza entre sus piernas, sintiendo las convulsiones de su cuerpo.

Pero, por fin, se puso protección con manos temblorosas y la penetró. Ella se abrió como una flor, y sus ritmos y movimientos se acompasaron como si fueran una sola persona.

Aggie no creía haberse sentido nunca tan unida con un ser humano. Ambos estaban resbalosos, cubiertos por una fina capa de sudor.

Cuando llegaron al clímax fue como si volaran al espacio exterior para luego descender lentamente. Ella se puso de costado y lo miró.

—Ha sido...

—¿Impresionante? ¿Indescriptible? —él no había sabido que el buen sexo podía hacer que un hombre se sintiera capaz de volar. Acababan de terminar y ya estaba deseando tomarla otra vez. Había hecho el amor a muchas mujeres bellas, pero nunca se había sentido como si estuviera en posesión de un apetito insaciable, ni había deseado encender la luz simplemente para poder mirar...

Sintió la necesidad de dejar las cosas claras, convencerse de que su sensación de estar fuera de control, arrastrado por la corriente, era temporal.

–Te deseo otra vez, pero antes... –le apartó el pelo del rostro para mirarla a los ojos–. Sabes que esto no va a ningún sitio, ¿verdad? No me gustaría que pensaras que...

–Shh. No digas nada –Aggie sonrió con valentía mientras su cerebro establecía nuevas conexiones.

Ese hombre al que odiaba y por el que sentía una atracción sin mesura, que podía hacerle reír aunque fuera autoritario y arrogante, había llenado su corazón y su mente. Por eso estaba en la cama con él. No se había transformado en una mujer carente de moral dispuesta a acostarse con cualquiera por mera atracción sexual. No. Eso había sido una ficción que había usado porque la verdad le parecía inaceptable.

–No voy a empezar a hacerte exigencias. Tú y yo no encajamos y nunca lo haremos. Pero sentimos atracción el uno por el otro. Eso es todo. Así que, ¿por qué no nos divertimos un rato? Ambos sabemos que todo esto acabará mañana.

Capítulo 8

AGGIE durmió en su dormitorio. Borracha de sexo, volvió caminando de puntillas poco después de las dos. Era importante recordarse que no era una relación normal. Tenía límites y Luiz se los había recordado la noche anterior. No tenía intención de sobrepasar ninguno de ellos.

La mañana siguiente la despertó el pitido de su teléfono móvil. Tenía varios mensajes de su hermano, pidiéndole que lo llamara.

Inquieta, Aggie se incorporó y pulsó su número con dedos temblorosos. La avergonzaba admitir que apenas había pensado en su hermano en las últimas horas. De hecho, llevaba días centrada en sí misma y sin pensar en Mark.

Él contestó de inmediato y le contó sus novedades. Diez minutos después, Aggie puso fin a la llamada en estado de shock.

Todo estaba a punto de cambiar y, durante unos segundos, le molestó la intrusión de su hermano en la pequeña burbuja que había creado para sí misma. Consultó la hora. Luiz había intentado que se quedara en la cama con él esa madrugada, pero Aggie se había resistido. Luiz siempre conseguía lo que quería y rara vez se detenía a considerar el coste. La deseaba y no veía nada malo en tenerla cuando y donde quisiera. Se le daba bien distanciarse y, cuando su tiempo juntos acabara, se iría sin mirar atrás. Aggie sabía que para ella no sería tan fácil, así que era esencial que pusiera cierta distancia; por ejemplo, evitando pasar toda la noche con él.

Habían quedado en desayunar a las nueve. En ese momento eran poco más de las ocho y a Aggie la alegró tener tiempo para darse un baño y pensar en lo que le había contado su hermano.

Luiz la esperaba en el comedor. En la mesa ya había una cafetera y dos cartas, una de las cuales estaba estudiando. La dejó al verla en el umbral.

Aggie llevaba unos vaqueros desteñidos, un suéter azul y el pelo recogido en una cola de caballo. Parecía una colegiala sexy y él sintió una oleada de lujuria. No había tenido suficiente la noche anterior. De hecho, recordaba haberle preguntado en un momento dado si estaba demasiado irritada para que siguiera tocándola. Se recostó en la silla y esbozó una sonrisa sensual.

—Tendrías que haberte quedado conmigo —le dijo a modo de saludo—. Habría sido la mejor manera de despertar.

Aggie se sentó frente a él y se sirvió café.

—Dijiste que querías trabajar un rato antes de desayunar. No me habría gustado interrumpirte.

—Se me da bien la multitarea. Te sorprendería ver cuánto trabajo saco adelante cuando tengo a alguien entre las piernas prestando atención a...

—¡Shh! —se puso roja como un tomate y Luiz se rio, divertido—. ¿Es así como sueles despertarte? —preguntó ella mirándolo por encima de la taza, que sujetaba con ambas manos. A su pesar, había sentido un indeseado pinchazo de celos.

–Solo estoy acostumbrado al timbre del despertador –aunque nunca había pensado en ello, ninguna mujer dormía en su cama.

–¿Nunca has pasado la noche con una mujer en la cama? ¿Y en vacaciones?

–No voy de vacaciones con mujeres.

Aggie lo miró atónita.

–No es tan raro –farfulló Luiz–. Soy un hombre ocupado. No tengo tiempo para las exigencias que tendría una mujer de vacaciones.

–¿Cómo diablos descansas y te relajas?

–Vuelvo a Brasil. Paso las vacaciones allí –encogió los hombros–. Antes salía algún fin de semana a esquiar con un par de amigos. Pero ha dejado de ocurrir estos últimos años.

–¿Pasabas las vacaciones con otros hombres?

–¿Cómo hemos acabado hablando de esto? –se mesó el cabello oscuro con frustración.

Si su relación iba a limitarse al sexo, como él había dicho, Aggie sabía que debía evitar las conversaciones profundas, porque él las rechazaría. Suponía que esa había sido su técnica para evitar el compromiso de una relación seria y mantener a las mujeres a distancia. Si no se mantenían conversaciones personales era difícil crear vínculos. Sabía que su curiosidad suponía internarse en aguas turbulentas.

–No tiene nada de malo hablar –dijo ella, mirando la carta.

–Los tíos no necesitan que les presten atención –dijo Luiz–. Todos somos buenos esquiadores. Recorríamos las pistas negras y nos relajábamos un par de horas por la tarde. Buen ejercicio y ninguna queja sobre la falta de atención.

–No me imagino a nadie con valor para plantearte sus quejas –comentó Aggie. Luiz se relajó.

–Te sorprenderías, aunque las quejas de las mujeres palidecen en comparación con tu talento para discutir conmigo. No es que no me guste. Forma parte de tu naturaleza apasionada. Extremadamente apasionada, por cierto.

–Y en esos refugios habrá chicas atractivas, si se echa en falta la compañía femenina...

–Cuando voy a esquiar, esquío –Luiz ser rio–. Lo último que busco en esos breves periodos de ocio es complicarme con alguna relación.

–¿Y ya no disfrutas de esos breves periodos?

–Mi padre no está muy bien –se oyó decir Luiz.

Le sorprendió su admisión, que nunca antes había hecho. Solo su madre y él conocían el auténtico estado de salud de su padre. Alfredo Montes, odiaba que la gente estuviera pendiente de él, y sabía que sus hijas lo habrían estado. Además, era la cabeza del vasto imperio familiar, muchos clientes reaccionarían mal a la noticia de que tenía problemas de salud. En los últimos años, Luiz había tenido que asumir un papel más activo en las empresas de su padre, creando un clima de confianza para cuando él tuviera que retirarse.

–Lo siento –puso una mano sobre la suya–. ¿Qué le ocurre?

–Olvida lo que he dicho.

–¿Por qué? ¿Es... terminal?

–Tuvo un infarto hace unos años y no se recuperó del todo –dijo Luiz tras un titubeo–. Su memoria y su concentración no son las que eran. Se ha visto obligado a medio retirarse. Solo mi madre y yo conocemos sus problemas de salud.

–¿Y has tenido que ocuparte de sus empresas?

–No es importante –hizo un gesto a la camarera, poniendo punto final a la conversación.

Aggie encajó esa pieza en la imagen de él que estaba construyendo. Luiz Montes era un adicto al trabajo que se había encontrado en una situación que no le permitía parar. No tenía tiempo para vacaciones y menos aún para una relación. Sin embargo, había conseguido hacer tiempo para realizar ese por el bien de su sobrina. Era una clara muestra de su generosidad y lealtad a la familia.

–Tengo algo que decirte. Por fin he tenido noticias de Mark. Ayer dejé el móvil en mi dormitorio y no lo comprobé antes de acostarme. Esta mañana tenía llamadas perdidas y mensajes de texto pidiéndome que lo llamara.

–¿Y?

–No están en el Distrito de los Lagos. Están en Las Vegas.

–Así que lo han hecho. Se han casado, los muy idiotas –Luiz no sintió la ira que esperaba.

Seguía atónito por el lapsus que lo había llevado a hacerle una confidencia. Siempre había creído que compartir secretos era muestra de debilidad; sin embargo, había tenido un efecto liberador. Lo bastante para paliar el enfado que debería haberle provocado que su sobrina, una niña aún, cometiera la estupidez de casarse.

–No he dicho eso –dijo Aggie risueña.

–¿Qué es lo que tiene tanta gracia?

–Para empezar, no se han casado.

–¿Qué? –Luiz la miró atónito.

–Obviamente, tu hermana se preocupaba sin razón. Tal vez Maria dijera que quería a mi hermano y soñara en voz alta, pero nada más. Nunca hubo planes de fuga y boda secreta.

–¿Así que llevamos días haciendo el tonto? ¿Qué diablos hacen en Las Vegas? –una semana antes habría hecho un comentario sarcástico sobre la financiación del viaje, pero tras pasar días con Aggie le importaba bien poco quién pagara qué.

Se descubrió pensando en el centro de acogida, en la alegría del ambiente a pesar de la ausencia de lujos, y en la deslucida casa que alquilaba Aggie. Ambas cosas evidenciaban que no eran gente que buscara aprovecharse de los demás.

–Mark está encantado –Aggie apoyó la barbilla en la mano y miró a Luiz con ojos brillantes–. Recibió una llamada cuando salían de Londres. En vez de llamarme entonces, prefirió esperar por si todo quedaba en nada. A través de un amigo de un amigo, un productor musical escuchó una de sus maquetas y ofreció pagarles el vuelo para que fueran con más música. ¡Tiene un contrato de grabación!

–Vaya, menuda sorpresa.

–Así que podemos volver a Londres –Aggie se echó atrás mientras le ponían delante un plato con huevos y tostadas–. Apuesto a que te alegras de poder volver al trabajo, aunque en mi opinión, aunque te sientas obligado a hacerlo, no es sano trabajar tantas horas. Tendrías que disfrutar de tu tiempo libre tanto como disfrutas con el trabajo.

–Probablemente tengas razón –Luiz encogió los hombros–. Cuando regresemos a Londres intentaré darme un respiro. Llegan las Navidades y la gente se relaja. El ritmo de trabajo en el mundo empresarial es algo menos frenético.

–¿Te tomarás vacaciones? –a Aggie le dio un vuelco el corazón–. ¿Irás a Brasil?

–No puedo salir del país de momento.

–Has dicho que ibas tomarte un respiro.

–Eso no significa que vaya a desaparecer. Tengo un par de tratos en marcha y reuniones que no puedo cancelar –apartó su plato y se echó hacia atrás para mirarla–. Tenemos que hablar de... nosotros. De esto.

–Lo sé. No ha sido muy inteligente. Ninguno de los dos imaginaba que... que...

–¿Que no podríamos dejar de tocarnos?

Aggie pensó que a él le resultaba muy fácil plantear el asunto en términos sexuales. Ella no dejaba de pensar en el amor. Se preguntó cuántas mujeres habían cometido el error de saltarse sus normas y enamorarse de él. Tal vez ese había sido el pecado de su última novia.

–Las circunstancias eran peculiares –dijo Aggie, intentando quitar hierro al asunto, como hacía él–. Es un hecho que la gente se comporta de forma distinta en situaciones a las que no están acostumbrados. Nada de esto habría ocurrido si no hubiéramos acabado... aislados por la nieve.

–¿Tú crees que no? –la escrutó pensativo.

–¿Qué quieres decir?

–Me gusta pensar que soy lo bastante sincero para no subestimar la atracción que siento. Me fijé en ti la primera vez que te vi. Tal vez nunca habría hecho nada al respecto, pero lo dudo.

–¡Yo no me fijé en ti!

–Mentirosa.

–No me fijé –insistió Aggie con desesperación–. Es decir, pensé que eras el arrogante tío de Maria que aparecía en escena para amenazarnos. ¡Ni siquiera me gustaste!

–¿Quién está hablando de gustos? Eso es muy distinto de la atracción sexual. Lo que me lleva de vuelta al punto de partida. Volveremos a Londres después del desayuno y me gustaría saber qué planes tienes cuando lleguemos. Porque no estoy dispuesto a renunciar a esto de momento. De hecho, diría que acabo de empezar...

«De momento». Eso lo decía todo. Pero al menos, él no intentaba ocultar su interés por ella; no simulaba que no eran más que dos barcos que se habían cruzado durante la noche, y echado el ancla unas horas antes de seguir su camino.

Aggie recordó que a su último novio le había gustado hacer planes de futuro, hablar de dónde pasarían las vacaciones cinco años después. Se había creído enamorada pero, igual que una enfermedad, había pasado rápido. Poco después había comprendido que lo que amaba en realidad era la sensación de permanencia prometida.

Luiz no prometía permanencia. De hecho, ni siquiera prometía un par de semanas o de meses.

–¿Buscas hacer otra muesca en el cabecero de tu cama? –le preguntó con voz ligera.

–No soy de esa clase de hombres –frunció el ceño–. He sido sincero contigo. No busco una relación de compromiso, pero tampoco voy de mujer en mujer porque quiera rellenar un librito negro. Si piensas eso de mí, no tenemos nada en común y será mejor olvidar lo que ocurrió anoche.

–No tendría que haber dicho eso, Luiz, pero no puedes culparme. ¿Has tenido alguna relación que pensaras que podía llegar a algún sitio?

–Nunca la he buscado. Por otra parte, no uso a las mujeres. ¿Por qué hablamos de esto, Aggie? Ninguno de los dos ve futuro a la relación. Pensaba que eso estaba claro –estrechó los ojos–. Está claro, ¿no? Es decir, no habrás decidido que quieres una relación a largo plazo, ¿verdad? Porque, te lo repito, eso no ocurrirá nunca.

–Soy consciente de eso –saltó Aggie–. Y, créeme, yo tampoco busco algo permanente.

–Entonces, ¿cuál es el problema? –reflexionó en silencio unos segundos–. Nunca lo he preguntado –dijo lentamente–, pero supuse que te acostaste conmigo porque no había otra persona en tu vida...

Aggie lo miró confusa. De repente, comprendió y sus ojos azules brillaron con ira.

–Lo que has dicho es horrible –sintió que las lágrimas le quemaban los ojos y bajó la vista.

Luiz movió la cabeza avergonzado pero, al mismo tiempo, deseó decirle que, por horrible que pareciera, no sería la primera vez que una mujer se acostaba con él mientras mantenía una relación con otro. Algunas mujeres querían apostar sobre seguro. Cuando él entraba en juego dejaban al otro, por supuesto, pero la experiencia le había enseñado a ser suspicaz con el sexo opuesto.

Pero estaba claro que no podía meter a Aggie en el mismo saco que a otras mujeres. Era única.

–Si vamos a marcharnos, será mejor que suba a hacer el equipaje –sonrojada, Aggie se levantó.

–Aggie –Luiz se puso en pie de un salto y la siguió hasta la escalera. Allí, agarró su brazo y la atrajo hacia él.

–No importa.

–Sí importa. Te pido perdón por decir eso.

–¡Sospechas de todo! ¿En qué clase de mundo vives, Luiz? Solo ves cazafortunas, oportunistas, mujeres que quieren aprovecharse de ti...

–Es algo muy arraigado en mí, y no digo que sea bueno –pero lo cierto era que nunca lo había cuestionado. La miró confuso y ceñudo–. Quiero seguir viéndote cuando volvamos a Londres.

–¡Y ya has sentado las normas de lo que eso implica! –Aggie suspiró y movió la cabeza. Era algo malo para ella pero, aunque una parte de su cerebro lo sabía, otra no podía soportar la idea de renunciar a él. Solo con estar de pie a su lado se le aceleraba el corazón y le temblaban las piernas.

–Solo intento ser lo más sincero posible.

–No necesitas preocuparte de que vaya a hacer ninguna estupidez –lo miró con fiereza. Si él supiera lo estúpida que había sido ya, echaría a correr. Pero, a pesar de las consecuencias, iba a seguir acostándose con él mientras pudiera, como una adicta temerosa de renunciar a la droga hasta que no le quedaba más remedio.

No se sentía orgullosa de sí misma pero, como él era sincera.

Luiz cerró los ojos con alivio. Se dio cuenta de que había estado conteniendo la respiración esperando su respuesta. Le acarició el brazo.

–El viaje de vuelta será mucho más fácil –dijo.

–¿Sigues pensando en hablar con Mark cuando vuelvan a Londres? ¿Pedirle que deje a Maria?

–No van a casarse. Fin de la crisis –Luiz ni siquiera había pensado en ello. Sonrió–. Admito que tenía otras cosas en mente y no me había planteado el siguiente paso. Pero Luisa tendrá que tener una de esas conversaciones madre-hija, si lo cree necesario. Yo voy a retirarme de escena.

–Me alegro.

Sonrió y Luiz solo pudo pensar en que lo enorgullecía haber provocado esa sonrisa.

Unos días antes habría pensado que cualquier relación con tal desequilibrio de riqueza estaba destinada al fracaso. Ese desequilibrio habría bastado para que siguiera con su persecución e hiciera todo lo posible por alejar al hermano de Aggie de su sobrina. Pero se había producido un sutil cambio en su forma de ver las cosas.

–Voy a hacer mi equipaje. ¿Nos vemos aquí dentro de media hora?

Aggie suponía que cuando llegaran a Londres irían a casa de ella, pero ¿y después? Se preguntó si tendrían citas o si eso era demasiado romántico para él. Quizá la invitara a cenar igual que a las mujeres con las que salía. Estaba segura de que en las relaciones era generoso y paliaba su falta de entrega emocional con bienes materiales. Al fin y al cabo, había dicho que le compraría un portátil sencillamente porque no tenía uno. Y eso antes de haberse convertido en amantes.

Pero, igual que él tenía normas, ella tenía las suyas. No permitiría que le comprara nada ni esperaría cenas de lujo o palcos en la ópera o el teatro. Si él optaba por poner todas las cartas sobre la mesa, ella también pondría las suyas.

Como si el mundo deseara facilitarles el viaje de vuelta a Londres, había dejado de nevar.

En el ambiente se respiraba la emoción de lo que estaba por llegar. Aggie era consciente de cada movimiento de las manos de él en el volante. Lo miraba de reojo y se maravillaba de la sensual perfección de su rostro. Cuando cerraba los ojos se imaginaba siendo acariciada por él.

Charlaron durante el trayecto. Él le contó que pensaba visitar a su familia durante las Navidades. Ella le preguntó dónde vivían. Sentía una curiosidad insaciable por conocer detalles de su vida. Él habló de su padre, del infarto y de su efectos. Describió su país con viveza y detalle.

—No creo que debas seguir viviendo en ese tugurio —dijo él cuando llegaban a Londres.

Aggie se rio, divertida.

—No bromeo. No puedo permitir que vivas allí.

—¿Dónde quieres que viva, Luiz?

—En Kensington hay casas decentes. Podría encontrarte alguna.

—Gracias, pero ya hemos hablado de lo escasos y caros que son los alquileres en Londres.

—Me has entendido mal. Al decir que podría encontrarte una, me refería a comprártela.

Aggie abrió la boca y lo miró con asombro e incredulidad.

—¿Y bien? –dijo Luiz, al ver que callaba.

—No puedes comprarle una casa a una mujer con la que te estás acostando, Luiz.

—¿Por qué no?

—Porque no está bien.

—Quiero que vivas en un lugar medio decente. Tengo dinero para convertir mi deseo en realidad. ¿Qué tiene eso de malo?

–Solo por curiosidad, ¿qué pasaría con esa casa medio decente cuando rompiéramos?

Luiz arrugó la frente, no le gustaba cómo había sonado eso. Sabía que era él quien había impuesto la norma, pero no había necesidad de hacer hincapié en la ruptura.

–Te la quedarías, claro. No hago regalos a una mujer para quitárselos cuando la relación se rompe.

–Llevas demasiado tiempo saliéndote siempre con la tuya –le dijo Aggie. No la sorprendía, él siempre había tenido dinero y le parecía natural hacer regalos a sus mujeres–. No aceptaré una casa. Ni un piso. Estoy feliz donde estoy.

–No es cierto –la contradijo Luiz–. Nadie podría ser feliz en ese agujero. Es mejor que no tener un techo sobre la cabeza, nada más.

–No quiero nada de ti.

Eso no era lo que Luiz quería oír, él deseaba darle cosas. Quería saber que era el responsable de que su rostro se iluminara con una sonrisa.

–De hecho –siguió Aggie–, prefiero disfrutar de lo que tenemos. No quiero que me hagas regalos ni me lleves a sitios caros.

–No soy de comidas caseras delante de la televisión.

–Ni yo de comidas suntuosas en restaurantes de lujo. De vez en cuando me gusta cenar fuera, pero no siempre –Aggie sabía que pisaba en terreno peligroso. La idea de domesticidad podía hacer que él echara a correr, pero ella no podía sacrificarlo todo por amor y lujuria–. Soy sencilla. No me pongo joyas ni tengo gustos caros.

–¿Por qué eres tan difícil?

–No sabía que lo fuera.

–Desde el punto de vista práctico, tu casa va a estar bastante llena con tu hermano de vuelta y mi sobrina de visita cada dos por tres. Me niego a la idea de estar los cuatro sentados en un sofá medio hundido, viendo la televisión, mientras desvalijan mi coche en la calle.

–Es un mal argumento para salirte con la tuya –Aggie se rio a carcajadas.

–No puedes culparme por intentarlo.

Cuando por fin llegaron a la deprimente casa, en la zona oeste de Londres, Luiz deseó haberlo intentado un poco más. La nieve sucia y medio derretida lo cubría todo con una capa grisácea.

Aggie sonrió para sí al verlo contemplar la casa con desagrado. Estaba demasiado malcriado y acostumbrado a conseguir cuanto quería. Si bien no se había quejado de las incomodidades que habían surgido en el viaje, sin duda odiaría no salirse con la suya con respecto a la casa. Sobre todo porque tenía razón. El señor Cholmsey no podía haber creado un lugar menos apetecible.

Ella se preguntó cómo podía haberse olvidado, siquiera un instante, del deterioro generalizado.

–Al menos podrías venir a mi apartamento –dijo Luiz, apoyándose en la pared de la entrada, mientras Aggie dejaba su bolsa en el suelo–. Date un gusto, Aggie –su voz sonó suave y tentadora como el chocolate caliente–. No es malo querer relajarse en un sitio en el que la calefacción no petardee como un coche cada dos minutos.

Aggie, indecisa, lo miró con impotencia. Él se inclinó para darle un beso dulce y delicado, sin tocar ninguna otra parte de su cuerpo.

–Eso no es justo –murmuró ella.

–Te quiero en mi bañera –murmuró Luiz–. Mi enorme bañera, en la que cabemos los dos. Y después te quiero en mi cama, extra ancha y extra larga, con sábanas limpias. Y si estás empeñada en lo de la tele, puedes encender la del dormitorio; es como una pantalla de cine. Pero antes de eso quiero hacerte el amor cómodamente, y cuando estemos agotados pediré comida al chef del Savoy. No tendrás que vestirte para salir. Hace una mousse de chocolate deliciosa. Me gustaría añadirle tu sabor...

–Tú ganas –Aggie suspiró con placer. Se puso de puntillas para besarlo y acabaron abrazados y poniendo rumbo hacia el dormitorio.

Aunque Luiz había dicho que la quería en su casa, era tan deliciosa que no pudo resistirse. A la mitad de la escalera ya le había quitado la blusa. El sujetador quedó colgado en la barandilla, junto a la puerta, y ella se había librado de los vaqueros cuando cayeron sobre la cama que, lejos de ser enorme, era poco más ancha que una individual.

–Llevo queriendo hacer esto desde el segundo en que subimos al coche –gruñó Luiz–. De hecho, tuve la tentación de reservar una habitación en el primer hotel que encontráramos. No sé qué tienes, pero a tu lado me convierto en un cavernícola.

Aggie decidió que le gustaba cómo sonaba eso. Se tumbó y lo observó quitarse la ropa. Tuvieron un sexo frenético, dos cuerpos resbalosos entrelazados. Él le dijo que el juego previo tendría que esperar porque necesitaba estar dentro de ella, húmeda y ardiente por él.

Luiz la volvió loca describiéndole con voz ronca lo que sentía cuando tenían sexo. Cada descripción hacía que ella se excitara más y más; cuando la penetró, tuvo que apretar los dientes para controlar el clímax.

Los movimientos de él eran profundos y poderosos y la llevaron en espiral hacia el cielo. Clavó las uñas en sus hombros, arqueó la espalda y echó la cabeza hacia atrás y gritó su placer.

Era la criatura más bella que Luiz había visto nunca. Cuando se sintió explotar en su interior era demasiado tarde. No pudo controlar los espasmos de su poderoso orgasmo.

–No he usado protección –gruñó poco después, recriminándose por su error. Se sentó al borde de la cama y maldijo entre dientes.

–No pasa nada –dijo Aggie. Si no había captado el mensaje de que estaba con un hombre que no quería comprometerse, ya no había duda posible. El mero riesgo de embarazo bastaba para hacerlo palidecer de horror–. Soy segura.

—Diablos, no había cometido ese error en toda mi vida –Luiz exhaló con alivio y volvió a tumbarse–. No sé qué ha ocurrido –dijo. Pero sí lo sabía. Había perdido el control. Y él no era así.

Aggie vio cuánto lo asqueaba haber sido tan estúpido, tan humano, como para equivocarse.

Se recordó que, por mucho que se metiera bajo su piel, Luiz Montes solo quería una aventura. Aunque lo amase, solo podía esperar que el suyo fuera un amor no correspondido.

Capítulo 9

Q UÉ VA mal? –Luiz miró a Aggie por encima de la mesa del pequeño restaurante en el que acababa de ser castigado con una pizza mediocre y un vino más mediocre aún.

–Nada va mal –pero Aggie evitó sus ojos. Su forma de mirarla hacía que se sintiera como si escudriñara su alma y cada uno de sus secretos.

El último mes había sido el mejor de su vida. Había trabajado la última semana de colegio. De la nevada solo quedaban los restos de dos muñecos de nieve que habían hecho los niños.

Luiz había ido al colegio dos veces. La primera vez había aparecido de repente, dejando a sus colegas atónitos. Aggie había sentido vergüenza y orgullo a la vez. Sabía que se estarían preguntando cómo había conseguido la atención de Luiz, aunque no lo dijeran. Lo cierto era que Aggie también se lo preguntaba. No creía que fuera a cansarse nunca de mirarlo ni de derretirse cuando esos fabulosos ojos oscuros la miraban.

Durante las Navidades, él había pasado unos días en Brasil. Aggie había decidido que sería buena idea utilizar su ausencia para rodearse de una coraza protectora pero, al segundo de verlo había vuelto a caer en el pozo sin fondo del que había pretendido empezar a salir.

Se sentía como si estuviera en una montaña rusa. Todo ella se encendía cuando él estaba cerca y no había un segundo que no quisiera estar en su compañía. Pero en el fondo sabía que el viaje en montaña rusa llegaría a su fin y ella quedaría temblorosa, mareada y vuelta del revés.

–¡Es este sitio! –Luiz tiró la servilleta sobre la pizza a medio comer y se recostó en la silla.

–¿Qué?

–¿Por qué eres demasiado orgullosa para aceptar mis invitaciones a restaurantes donde la comida al menos es comestible?

Aggie lo miró. Allí parecía ridículamente fuera de lugar. Tan alto, atractivo y exótico, rodeado de familias con niños y adolescentes. Pero no había querido ir a un sitio íntimo con él. Había querido un sitio bien iluminado, ruidoso e impersonal.

–Me has llevado a montones de restaurantes caros –le recordó–. Puedo nombrarlos si quieres.

Luiz movió la mano con desdén. Algo iba mal y no le gustaba. Se había acostumbrado a su efervescencia, a sus bromas, a que el día solo le pareciera satisfactorio si lo acababa con ella. En ese momento, se la veía apagada y sus ojos azules estaban nublados; no le gustaba no poder tocarla.

 –Necesitamos pedir la cuenta y largarnos de aquí –gruñó. Hizo una seña a la camarera, que llegó tan rápido que Aggie pensó que debía de estar pendiente de él–. Se me ocurren mejores cosas que hacer que seguir aquí con comida fría en el plato, poniéndonos de mal humor.

–¡No!

–¿Cómo que no? –Luiz estrechó los ojos. Ella desvió la vista y se lamió los labios con nerviosismo. El que ella no estuviera deseando volver a su apartamento le provocó un sudor frío.

–Todavía es pronto –Aggie, frenética, pensó en cómo decir lo que tenía que decir–. Además, es sábado. Todo el mundo está divirtiéndose.

–Pues vamos a divertirnos a otro sitio –se inclinó hacia ella con una sonrisa lobuna–. No hay por qué confinar el amor al dormitorio. A mí también me iría bien un cambio de escenario...

–¿Un cambio de escenario? –repitió Aggie. Se perdió en su lenta sonrisa, persuasiva y sexy. Él había ido a recogerla desde la oficina, vestido con ropa de trabajo: un traje gris oscuro hecho a medida. La corbata estaba en un bolsillo de la chaqueta, que colgaba del respaldo de la silla junto con el abrigo, y se había arremangado la camisa. Era la viva imagen del negociante millonario y ella volvió a preguntarse cómo podía sentirse atraído por ella.

Sin embargo, a menudo parecían las dos caras de la misma moneda. A Aggie le gustaba recordar esos momentos. Una parte de ella sabía que lo hacía por su deseo de verlo relacionarse con ella de una forma que no fuera puramente sexual, pero no hacía mal a nadie con sus sueños.

–Estoy perdiéndote de nuevo –Luiz se pasó los dedos por el pelo y movió la cabeza con impaciencia–. Venga. Salgamos de aquí. Estoy harto de este entorno familiar y barato. Un sábado por la noche tiene mucho más que ofrecer.

Se levantó y esperó mientras ella se ponía en pie. Afuera hacía frío, pero menos que antes de las Navidades. Aggie sabía que tendría que haber insistido en seguir dentro del bullicioso y cálido restaurante pero, cobarde que era, también había estado deseando marcharse de allí.

En otros tiempos habría sido feliz en la pizzería local, pero entendía que la experiencia no entrase en la categoría de cena satisfactoria. Servía para picar algo o llevar a los niños para que guarrearan a su gusto sin que nadie protestara.

–Podríamos volver a mi casa –dijo Aggie cuando Luiz puso un brazo sobre sus hombros y alzó la otra mano para parar un taxi.

Él la tocaba como si fuera lo más natural del mundo. Era una de las cosas que metía en su baúl de los recuerdos. «Si está tan relajado conmigo, ¿será porque compartimos algo más que sexo?».

Pero él nunca había insinuado que hubiera más. No hablaba de futuro con ella y se cuidaba mucho de darle ideas. La había advertido desde el principio de que no quería ninguna permanencia.

–¿Y dónde está tu hermano?

–Podría estar allí con Maria. No lo sé. Se va a Estados Unidos el lunes. Creo que pensaba cocinar algo especial para ellos dos.

–Así que sugieres que volvamos a ese cuchitril a competir por el espacio con tu hermano y mi sobrina, interrumpiendo su, presumiblemente romántica, cena de despedida. A no ser, claro que está, que vayamos a tu gélido dormitorio y nos arrebujemos en tu diminuta cama para hacer el amor con el menor ruido posible.

Luiz odiaba su casa, pero había renunciado a persuadirla de que se trasladara a una más grande, cómoda y pagada por él. Se había negado en redondo, con la consecuencia de que apenas pasaban tiempo allí.

–¡No seas tan difícil! –saltó Aggie, apartándose

para mirarlo–. ¿Por qué siempre tienes que salirte con la tuya?

–Si me saliera con la mía no habríamos pasado hora y media en un sitio con comida mediocre y un nivel de ruido capaz de provocar migrañas. ¿Qué diablos pasa, Aggie? ¡No he quedado contigo para batallar con tu mal humor!

–¡No siempre puedo ser luz y alegría, Luiz!

Se miraron fijamente. Aggie no vio el taxi hasta que Luiz la obligó a subir. Lo oyó dar la dirección de su apartamento y suspiró con frustración: era el último sitio al que deseaba ir.

–Háblame –Luiz se volvió hacia ella–. Dime qué pasa –miró el mohín rebelde de su boca y deseó transformarlo en sonrisa a base de besos. No solía invitar a las mujeres a hablar. Era un hombre de acción y prefería, cuando una mujer «quería hablar», enterrar las palabras bajo las sábanas. Tenía que admitir que el caso de Aggie era distinto. Si le sugería solucionarlo entre sábanas, reaccionaría con una retahíla indignada.

–Sí tenemos que hablar –admitió ella con voz queda.

–Soy todo oídos –dijo él, tensándose.

–Aquí no. Más vale que esperemos a llegar a tu casa, aunque habría preferido tener esta conversación en el restaurante.

–¿En un sitio en el que apenas habríamos podido oírnos el uno al otro?

–Lo que tengo que decir... Habría sido más fácil con gente alrededor.

Luiz tenía una sensación desagradable en la boca del estómago. No había olvidado que ella lo había rechazado una vez. Empezaba a temer un segundo rechazo y no estaba dispuesto a permitirlo. Sintió el fuerte golpe del orgullo.

—¿Debo entender que esta «charla» tuya tiene que ver con nuestra relación?

Aggie asintió compungida. Llevaba cuatro horas ensayando mentalmente esa «charla» y seguía sin saber por dónde empezar.

—¿De qué hay que hablar? —farfulló Luiz—. Está todo hablado. No busco compromiso. Y me dijiste que tú tampoco. Nos entendemos.

—A veces las cosas cambian.

—¿Estás diciéndome que ya no te satisface lo que tenemos? ¿Que después de unas pocas semanas quieres más? —Luiz se negaba a cortarse las alas. Y más aún a que alguien intentara cortarlas por él. Se preguntó si iba a lanzarle un ultimátum. Pedirle más a cambio de seguir viéndolo, acostándose con él. La mera idea lo encolerizaba. Otras mujeres se habían insinuado suspirando ante el escaparate de una joyería, o presentándole a amigas que tenían bebés, pero ninguna se había atrevido a obligarlo a elegir, y tenía la sensación de que Aggie iba a hacerlo.

Aggie apretó las manos. El tono de su voz había sido como una bofetada. ¿Realmente la creía tan estúpida como para no haber entendido sus claras reglas respecto a la relación?

—¿Y si fuera así? —inquirió. Sentía curiosidad por el rumbo que tomaría la conversación, aunque predecía su doloroso destino final.

—Me preguntaría si empiezas a pensar que estar casada con un hombre rico podría ser más lucrativo que salir con él.

Todos los músculos del cuerpo de Aggie se tensaron y lo miró dolida, atónita y horrorizada.

–¿Cómo has podido decir eso?

Luiz hizo una mueca y desvió la mirada. Se merecía una reprimenda. Le costaba creer que acababa de acusarla de querer lucrarse. Había demostrado ser la mujer menos materialista que conocía. Pero la idea de que pudiera dejarlo lo había hecho reaccionar de forma incomprensible.

–Te pido disculpas. Eso ha sido un golpe bajo.

–¿Pero lo crees de verdad? –Aggie necesitaba saber si el hombre al que tanto amaba tenía tan mala opinión de ella.

–No. No lo creo.

Ella suspiró con alivio. No habría soportado que la creyera capaz de chantajearlo.

–Entonces, ¿por qué lo has dicho?.

–Mira, no sé de qué va esto, pero no me interesan los juegos. No soporto que me aprieten las tuercas. Ni tú, ni nadie.

–¿Es porque el gran Luiz Montes no necesita nada ni a nadie?

–¿Qué tiene eso de malo? –estaba desconcertado. No entendía por qué ella buscaba pelea ni por qué había decidido de repente que quería más. Las cosas habían ido más que bien entre ellos. Controló la tentación de estallar.

–No quiero discutir contigo –dijo Aggie.

–Ni yo contigo –dijo Luiz–. ¿Por qué no olvidamos que ha ocurrido? –había una forma de evitar otra confrontación. La atrajo e introdujo las manos entre su cabello.

Las manos de Aggie se posaron en su pecho. Mientras la lengua de él exploraba su boca, sintió que su cuerpo se despertaba. Sus pezones se tensaron contra el encaje del sujetador, anhelando ser besados y tocados. Le ardía la piel y la humedad que sentía entre las piernas demostraba cómo la afectaba ese hombre. Aunque tuvieran que hablar y aunque no quisiera hacer el amor.

–Mejor ahora, ¿no? –murmuró él con satisfacción–. Seguiría, cielo, pero no quiero escandalizar al taxista.

Sin embargo, curvó la manos sobre uno de sus pechos y empezó a masajearlo lentamente, hasta que ella deseó gemir en voz alta.

Desde que salían juntos el vestuario de ella había sufrido una sutil transformación. Su ropa era más ajustada y de colores más alegres.

–Llevas sujetador –le murmuró él al oído–. Sabes cuánto lo odio.

–No siempre puedes tener lo que quieres, Luiz.

–Pero es lo que queremos los dos, ¿no? Yo puedo tocarte sin el aburrimiento de librarte del sujetador y tú disfrutas de mis caricias sin el aburrimiento de tener que librarte del sujetador. Ambos ganamos. Pero supongo que a veces es excitante tener que sortear varias capas de ropa.

–¡Para, Luiz!

–Dime que no te gusta lo que estoy haciendo –había deslizado la mano bajo el ajustado jersey de rayas y tirar del sujetador para liberar un pecho.

Pensó que esa era manera de poner fin a una discusión. Quizás había malinterpretado la situación. Quizás ella no pretendía amenazarlo, sino hablar de algo más prosaico. Luiz no lo sabía y no tenía intención de preguntar.

Cuando el taxi bajó la velocidad para frenar, con un suspiro, la soltó y le estiró el suéter.

–Me alegro de haber llegado –confesó con ojos chispeantes–. Llegar hasta el final en el asiento trasero de un taxi habría sido excesivo. Creo que antes de hacerlo en público tendremos que pensar muy bien dónde empezar...

Aggie no tenía intención de hacerlo con él, y menos aún en público. Se removió en el asiento. Necesitaba estar distante y fría, y, sin embargo, ardía de deseo y suspiraba por él.

La casa que en otro tiempo había admirado seguía gustándole, pero de otra manera. Seguía adorando los objetos de arte, pero la escasez de detalles personales le había confirmado que el dinero podía comprar algunas cosas, pero no otras. Podía comprar belleza, pero no siempre ambiente. De hecho, desde que salía con Luiz la impresionaban menos las cosas caras y la gente que disponía de dinero a manos llenas.

–Bueno –Luiz se quitó el abrigo y la chaqueta en cuanto cruzaron la puerta–. ¿Acabamos lo que hemos empezado? No hace falta que subamos arriba. Si vas a la cocina y te sientas en un taburete, te demostraré lo imaginativo que puedo ser teniendo a mano ciertos ingredientes.

–Luiz –temblorosa, le puso la mano en el pecho. Esa vez no iba a ceder.

–Dios, mujer. No me digas que quieres empezar a hablar otra vez –introdujo las manos bajo su abrigo para moldear sus nalgas y apretarla contra la erección que tensaba sus pantalones–. Si te empeñas en hablar, que sea en la cama.

–La cama no es buena idea –rechazó Aggie.

–¿Quién dice que quiero buenas ideas?

–Me gustaría tomar una taza de café.

Luiz se rindió con frustración. Golpeó la pared con el puño, apoyó el rostro en la parte interior del brazo y luego la miró con una mueca resignada.

–Vale, tú ganas. Pero te aseguro que hablar nunca es buena idea.

Aggie pensó que tenía mucha razón. A él no lo gustaría oír lo que tenía que decirle.

Era impresionante que la vida pudiera cambiar de forma tan dramática en unas pocas horas. Había estado consultando el calendario escolar para planificar sus próximas lecciones cuando una lucecita se encendió en su cabeza.

Al ver las fechas, pensó en la de su último periodo. No prestaba mucha atención a su ciclo menstrual: era regular, no había más que decir.

Le temblaban las manos cuando, una hora después, llegaba a casa con una prueba de embarazo. Había pensado mil razones por las que no merecía la pena preocuparse. Para empezar, Luiz era obsesivo con la protección anticonceptiva. Exceptuando aquel pequeño accidente, había sido muy cuidadoso.

En pocos minutos descubrió que un pequeño accidente podía cambiar el rumbo de una vida.

Estaba embarazada de un hombre que no la amaba, que no quería nada permanente y nunca había expresado el menor deseo de tener hijos. A la vista de eso, se había planteado no decírselo. Romper la relación y desaparecer. Desaparecer sería fácil. Odiaba su casa y su hermano iba a dejar Londres y embarcarse en la siguiente fase de su vida. Ella podía dejarlo todo y volver al norte. Luiz no la seguiría y nunca sabría que era padre.

Pero la idea duró poco. Él lo descubriría, por supuesto. Maria se lo diría. Y, además, no podía privar a un hombre de su propio hijo, aunque fuera un hijo no deseado por él.

–Lo que voy a decir será un shock para ti –dijo Aggie en cuanto estuvieron sentados en el salón.

Por primera vez en su vida, Luiz fue presa del miedo. Tensó su garganta y le provocó sudor frío.

–No estarás enferma, ¿verdad?

–No –Aggie lo miró con sorpresa. Él había palidecido y supuso que estaba recordando la enfermedad de su padre, de la que le había hablado en profundidad en las últimas semanas.

–Entonces, ¿qué ocurre?

–No hay forma fácil de decirlo, así que no me andaré con rodeos. Estoy embarazada.

Luiz se quedó helado. Durante unos segundos se preguntó si había oído bien, pero la expresión de ella bastó para convencerlo de que no bromeaba.

–No puedes estarlo –dijo.

Aggie desvió la mirada. Su imagen del embarazo siempre había sido de color de rosa, con un hombre al que amaba y que correspondía a su amor. No se había imaginado dando la noticia a un hombre que la miraba como si hubiera detonado una bomba en la puerta de su casa.

–Me temo que sí puedo, y lo estoy.

–¡He tenido cuidado!

–Excepto aquella vez –en contra de su buen juicio, un principio de ira crecía en su interior.

–Me dijiste que no había riesgo.

–Lo siento. Me equivoqué.

Luiz no dijo nada. Se levantó y fue hacia el gran

ventanal. Nunca se había planteado la paternidad. Era algo que podía suceder en un futuro lejano, o nunca. Pero ella llevaba a su bebé.

Aggie, compungida, lo observó de espaldas a ella, mirando por la ventana. Sin duda pensaba en que su vida se había arruinado. Parecía un hombre aplastado por el peso de las malas noticias.

–¿Ibas a contarme eso en una pizzería? –Luiz giró y fue hacia ella. Se inclinó y apoyó una mano a cada lada de ella. Aggie se encogió en el sillón.

–No quería... ¡esto! –gritó.

–Esto, ¿qué?

–Sabía cómo reaccionarías y pensé que sería más civilizado si te lo decía en un lugar público.

–¿Qué creías que iba a hacer?

–Tenemos que hablar de esto como adultos y no llegaremos a ningún sitio si sigues encima de mí, ¡amenazándome!.

–Dios, ¿cómo diablos ha ocurrido esto? –Luiz volvió al sofá y se dejó caer en él.

Aggie tenía la sensación de que el embarazo acababa de aniquilar cuanto habían compartido. Eso demostraba lo frágil que había sido desde un principio. No estaba hecho para durar ni soportar golpes, aunque, en justicia, un embarazo no era un golpe. Era más bien un terremoto que lo sacudía todo desde los cimientos hacia arriba.

–Estúpida pregunta. Sé perfectamente cómo ocurrió –se apretó los ojos con los pulgares y luego se inclinó hacia delante y la miró–. Tienes razón, tenemos que hablar. Pero, ¿de qué? Tendremos que casarnos, no tenemos otra opción.

–¿Casarnos? ¡Eso no es lo que quiero! –le lanzó ella,

airada porque estuviera haciendo lo que, a su modo de ver, consideraba lo decente–. ¿En serio crees que te lo he dicho porque quiero que te cases conmigo?

–¿Qué importa eso? Para mi familia sería una gran decepción que engendrara un hijo mío y permitiera que naciese fuera del matrimonio.

«Estás embarazada; será mejor que nos casemos para no herir a mi familia, que es muy tradicional», Aggie pensó que eso sonaba genial.

–Me temo que no puedo aceptar tu generosa oferta de matrimonio –le dijo.

–No digas bobadas. ¡Claro que puedes!

–No voy a casarme con alguien solo porque voy a tener su hijo. Luiz, un embarazo no es una buena razón para casarse –notó en su expresión que no entendía que rechazara su oferta–. Lo siento si para tus padres es inaceptable que tengas un hijo fuera del matrimonio, pero no voy a casarme contigo para evitarles esa decepción.

–¡Esa no es la única razón!

–¿Cuáles son las demás? –intentó apagar la leve esperanza de que dijera lo que quería oír. Que la amaba. Y que no podía vivir sin ella.

–Es mejor para un niño tener a ambos padres cerca. Soy rico. No permitiré que a un hijo mío le falte nada. ¡Esas son dos razones, y hay más! –Luiz se preguntó por qué estaba siendo tan difícil. Había dejado caer una bomba a sus pies y él había respondido admirablemente. ¿Acaso no lo veía?

–Un niño puede tener cerca a sus padres sin que estén casados –apuntó Aggie–. Me parece bien que veas a tu hijo o hija siempre que quieras, y entiendo que desees colaborar financieramente. Nunca te impediría esas cosas –bajó la mirada.

Había algo más de lo que tenían que hablar. Sobre si seguirían viéndose o no. Una parte de ella anhelaba la relación y la fuerza y apoyo que le daría. Otra parte sabía que sería temeridad seguir como si no hubiera pasado nada cuando un vientre cada vez mayor les recordaría que todo había cambiado. No iba a casarse con él. No le permitiría arruinar su vida por un gesto nacido de la obligación. Cuando él comprendiera que estaba casado y no había marcha atrás, acabaría viéndola con odio y resentimiento. Buscaría consuelo en brazos de otras. Y, tal vez, un día encontraría a una mujer a la que amar de verdad.

–Hay algo más –dijo con voz queda–. No me parece apropiado que sigamos... viéndonos.

–¿Qué? –explotó Luiz. Ardía de ira y asombro.

–¡Deja de gritar!

–¡Pues no me des una razón para hacerlo!

Se miraron en silencio. El corazón de Aggie tronaba como una apisonadora.

–Nuestra relación no iba a ser permanente. Ambos lo sabíamos. Tú lo dejaste muy claro.

–¡Vaya! Antes de seguir con el discurso, contesta a esto: ¿disfrutamos estando juntos?

Luiz tenía la sensación de que la tarde había empezado con cielo despejado y mar en calma y había dado paso a un huracán de fuerza diez. No solo descubría que había un bebé en camino, encima ella le decía que no quería saber más de él. La desesperación empezaba a atenazarlo.

–¡No se trata de eso!

–Entonces, ¿de qué se trata? Lo que dices no tiene sentido, Aggie. Te ofrezco hacer lo correcto y reaccionas como si te hubiera insultado. Dices que un niño no es razón suficiente para casarse. ¡No lo entiendo! Además de ser una buena razón para casarnos, ¡estamos bien juntos! Pero eso no te basta. Ahora hablas de dejar la relación.

—Somos amigos, y quiero que sigamos siéndolo por el bien de nuestro hijo, Luiz.

—¡Somos más que amigos!

—Amigos con derecho a roce.

—¡No puedo creer que esté oyendo esto! —golpeó el aire con frustración, incredulidad e impaciencia. La cólera ensombrecía su rostro y sus bellos ojos destellaban acusaciones.

En ese estado, resistirse a él era como intentar nadar contracorriente. Aggie deseaba lanzarse a sus brazos y dejar que decidiera él, pero sabía que sería un error. Si seguían viéndose llegaría el momento en el que él se aburriera y su relación se volviera incómoda y amarga. Siendo un hombre que predecía tendencias y tenía visión panorámica en los negocios, sorprendía su nula visión de futuro en su vida privada. Vivía el momento. Le gustaba lo que estaba viviendo con ella y no quería que acabara aún. Y su solución era ponerle un anillo en el dedo para apaciguar a su familia y satisfacer su sentido del honor. No veía más allá.

Aggie sabía que si no lo amara habría aceptado su propuesta de matrimonio. Habría visto la unión como un acuerdo muy razonable y le habría agradecido su apoyo. Por eso, entendía que la mirase como si estuviera loca.

—No quiero que sigamos hasta que la atracción física se acabe y empieces a buscar otras cosas —le dijo—. No quiero desilusionarme contigo hasta el punto de no querer que seas parte de mi vida. Eso sería malo para el niño.

–¿Por qué va a acabarse la atracción física?

–¡Para ti siempre se acaba! ¿Yo soy diferente? ¿Acaso lo que sientes por mí es... distinto?

–Vas a tener mi bebé. Claro que eres diferente –se escabulló Luiz, sintiéndose arrinconado.

–Empiezo a estar cansada, Luiz –Aggie se preguntaba por qué seguía esperando palabras que no iban a llegar–. Y tú has sufrido un shock. Creo que ambos necesitamos tomarnos un tiempo para pensar las cosas; la próxima vez que nos veamos podemos hablar de los detalles prácticos.

–¿Los detalles prácticos? –a Luiz le costaba seguirla.

–Llevas tiempo insistiendo para que deje esa casa –Aggie sonrió con ironía–. Supongo que eso entrará en la lista de cosas a discutir –se puso de pie para ir por su abrigo, pero él la detuvo.

–No quiero que vuelvas allí esta noche. Ni nunca. Es horrible. Debes pensar en mi bebé.

–La palabra, Luiz, es «discutir». No que tú me digas lo quieres que haga y yo obedezca –empezó a ponerse el abrigo mientras Luiz la observaba con la sensación de que se escapaba de sus manos.

–Estás cometiendo un error –dijo él.

–Me parece que el error ya está cometido –respondió Aggie con tristeza.

Capítulo 10

LUIZ miró la pila de informes que esperaban su atención y giró la silla hacía el ventanal que daba a una ajetreada calle londinense.

Era otro precioso día de primavera: cielo azul y despejado, y brisa suave. Eso no mejoró su nivel de concentración ni su humor. A decir verdad, su humor no podía ser peor desde que Aggie le había anunciado su embarazo, hacía dos meses.

Durante la primera semana había estado seguro de que ella recobraría el sentido común y aceptaría su oferta de matrimonio, que había defendido desde varios frentes. Le había exigido que le diera más razones que justificaran su rechazo. Pero había sido como darse cabezazos contra una pared. Acabó teniendo la impresión de que cuanto más presionaba, más se alejaba ella, así que había dejado el tema para discutir los detalles prácticos, tal y como ella quería.

Al menos en eso lo había escuchado y estado de acuerdo con casi todo. Al menos su orgullo no le había impedido aceptar la impresionante ayuda económica que había insistido en darle, pero había puesto el límite en permitirle que le comprara la casa de sus sueños.

–Cuando me mude a la casa de mis sueños –le había dicho con firmeza–, no quiero saber que me la han comprado como parte de un paquete de compensación por estar embarazada.

Pero había abandonado el cuchitril para trasladarse a una casa pequeña y moderna en una zona agradable de Londres, cerca de su trabajo. El trabajo que insistía en realizar hasta el último momento, a pesar de que él insistía en que no tenía ninguna necesidad de hacerlo.

–Estoy más que dispuesta a aceptar ayuda financiera para el bebé –le había dicho–. Pero yo no entro en el mismo paquete.

–Eres la madre de mi hijo. Me aseguraré de que tengas todo el dinero que necesites.

–No voy a depender de ti, Luiz. Seguiré trabajando hasta que dé a luz, y en cuanto el bebé tenga edad para ir a la guardería, volveré a trabajar. El horario y las vacaciones están muy bien. Es el trabajo perfecto para criar a un hijo.

Luiz odiaba esa idea, igual que odiaba que ella lo hubiera apartado de su vida. Se comunicaban sin discutir, pero la distancia que había entre ellos lo malhumoraba y le impedía concentrarse.

Para empeorar las cosas, hacía una semana que ella había mencionado que asistiría a la fiesta de primavera del colegio. Hasta entonces, él había descartado que ella tuviera una vida social que no compartía con él. Al comprender que no era así, la había interrogado y descubierto que tenía colegas de ambos sexos y edades diversas. La comunidad escolar estaba muy unida y disfrutaba de una activa vida social.

–Estás embarazada –le había dicho–. Las fiestas no son nada recomendables.

–No te preocupes. No beberé –había dicho ella, echándose a reír. Eso lo había preocupado.

Había rechazado su oferta de matrimonio y sentado nuevas reglas para su relación. Se preguntó si podía deberse a que no quería sentirse atada y, embarazada o no, quería volver a llevar una vida social activa. Una que incluiría a otros hombres, del tipo que solía atraerla. Él había sido una aberración y tal vez deseaba volver a relacionarse con hombres creativos que no daban prioridad al trabajo ni a la ambición.

Luiz pensó en los informes que esperaban su atención y sonrió con sarcasmo. En ese momento nadie podría acusarlo de dejarse llevar por el trabajo y la ambición. ¡Había descubierto el arte de delegar! Si su madre lo viera en ese momento se alegraría de que el trabajo hubiera dejado de ser el centro de su universo.

Sonó el teléfono y contestó. Tras anotar un par de cosas en un papel, colgó y se puso en pie. Por primera vez en semanas le parecía estar haciendo algo concreto, fuera para bien o para mal.

En las últimas semanas su secretaria se había acostumbrado a sus impredecibles cambios de humor, así que se limitó a asentir cuando le dijo que iba a salir y no sabía cuándo volvería. Se limitaba a buscar a alguien que pudiera sustituirle en las reuniones que requerían su presencia.

Luis llamó a su chófer. Sabía que Aggie estaba en el colegio e intentó imaginarse su expresión cuando lo viera aparecer. Era mejor que pensar en que iba a tener un hijo suyo, pero podría iniciar una relación con otro hombre que lo criaría. Si eso ocurría, Luiz se vería relegado al papel de padre ocasional.

Su imaginación se había convertido en una especie de monstruo que, tras años de opresión, quería recuperar el tiempo perdido.

Luiz no podía permitir que esa situación se prolongara. Durante toda su vida como adulto había sabido adónde iba y cómo iba a llegar. Pero últimamente el camino que se había trazado se había vuelto tortuoso e impredecible. Solo sabía a quién quería ver cuando llegara a su destino.

Tras azuzar al chófer para que fuera lo más rápido posible, llegaron al colegio justo cuando sonaba el timbre de la hora del almuerzo y Aggie iba a la sala de profesores. Había tenido la suerte de librarse de las náuseas matutinas, pero se sentía cansada a menudo.

Y le costaba mucho mantener las distancias con Luiz. Cada vez que oía su voz grave al otro lado del teléfono, preguntándole cómo le había ido el día, insistiendo en que le contara lo que había hecho y contándoselo ella, solo deseaba retirar cuanto había dicho de no quererlo en su vida. La llamaba y visitaba mucho. La trataba como si fuera una delicada pieza de porcelana y cuando le pedía que no lo hiciera se encogía de hombros y decía que no podía evitarlo.

Había creído que él no tardaría en aceptar que era una suerte de que no quisiera atarlo por las razones equivocadas. Que le agradecería que lo hubiera dejado libre. Que su exacerbado sentido de la responsabilidad no duraría mucho tiempo. Él no la amaba. No tardaría en cortar los vínculos.

Pero no le estaba poniendo las cosas nada fáciles. Olvidarlo era imposible.

Había dejado el cuchitril, como él lo llamaba, y era feliz en la pequeña casa moderna que él le había proporcionado. Seguía trabajando y tenía intención de seguir haciéndolo después de que naciera el bebé, pero a veces anhelaba alejarse de la contaminación el ruido y el tráfico de Londres.

Y la preocupaba el futuro. No se imaginaba viéndolo sin sentirse afectada. Aunque había estado convencida de hacer lo correcto al negarse a casarse con él, a veces la asolaba la angustia de haberse equivocado en su decisión.

Miró su sándwich con desolación. Iba a darle un bocado cuando apareció él.

–Sé que no te gusta que venga aquí –dijo Luiz, acercándose a su escritorio.

–Es que causas mucha conmoción –dijo ella con toda sinceridad–. ¿Qué quieres? Sabes que siempre trabajo mientras almuerzo.

Como siempre, tuvo que controlar el deseo de tocarlo. Cada vez que lo veía, su cerebro enviaba órdenes a sus dedos, que recordaban placeres pasados. Era atractivo e increíblemente sexy.

Luiz contempló cómo desviaba la mirada. Era obvio que su presencia allí la disgustaba, pero iba a tener que aguantarse. Él no podía seguir así. Se estaba volviendo loco. Tenía cosas que decirle.

Llegaron varios profesores más y Luiz no pudo evitar mirar a los hombres y preguntarse si alguno de ellos podía competir con él.

En otro tiempo no habría dudado de su poder de seducción para con ella. Por desgracia, ya no se sentía tan seguro y lo horrorizaba que algún tipejo delgaducho y pelirrojo pudiera sustituirlo.

–Pareces cansada –dijo, brusco.

–¿Has venido a vigilarme? Me gustaría que dejaras de portarte como una gallina clueca, Luiz. Como ya te dije, puedo cuidar de mí misma.

–No he venido a vigilarte.

–Entonces, ¿a qué has venido? –se atrevió a mirarlo y la sorprendió su expresión titubeante.

–Quiero llevarte a un sitio. Yo... Hay cosas que necesito... hablar contigo.

Instintivamente, Aggie supo que no quería hablar de dinero, del bebé o de su salud, que eran temas que cubría en detalle en sus visitas. Se preguntó, nerviosa, qué podía ser lo bastante importante para que él interrumpiera su día de trabajo y pareciera tan indeciso.

Su imaginación echó a volar. Era indudable que estaba olvidándola. Hacía semanas que no mencionaba el matrimonio. La visitaba y llamaba a menudo, pero sabía que eso era por el bebé que llevaba dentro. Era un hombre de «todo o nada». Aunque nunca se había planteado la paternidad, al verse enfrentado a ella había reaccionado con el entusiasmo típico de su personalidad. Nunca hacía nada a medias.

Y, como iba a ser la madre de su hijo, la incluía en su entusiasmo. Pero era obvio que ya no la miraba con la lujuria de antes. La veía como una amiga. Ya no encendía su pasión

Eso tendría que haberla hecho feliz, porque era lo que ella misma había sugerido como condición para que su relación sobreviviera a largo plazo. Amistad sin lujuria era la clave para poder ser buenos padres para el hijo que compartirían.

Se preguntó qué necesitaba contarla con tanta urgencia. Tal vez había conocido a otra mujer. Eso explicaría la sombra de incertidumbre de su rostro, tan poco habitual en él. Palideció, atenazada por el miedo. No se le ocurría otra razón para que quisiera verla con tanta urgencia.

–¿Quieres hablar de algún tema económico? –preguntó, deseando una respuesta afirmativa.

–No tiene nada que ver con el dinero ni con cosas prácticas, Aggie. Tengo el coche afuera.

Aggie asintió. Preocupada, recogió el bolso y la chaqueta y lo siguió al coche.

–¿Adónde vamos? Tengo que estar en clase a la una y media.

–Tal vez tengas que llamar para decir que llegarás tarde.

–¿Por qué? ¿Qué tienes que decirme que no puedas decirme aquí? Hay una cafetería en la calle siguiente. Vamos allí y hablemos de lo que sea que quieres hablar.

–Me temo que no es tan sencillo.

–Soy más fuerte de lo que crees –dijo, preparándose para lo peor–. Puedo soportar lo que tengas que decir. No necesitas llevarme a un restaurante de lujo para contármelo.

–No vamos a ningún restaurante de lujo. Te conozco lo bastante para saber que necesitas al menos una hora para armarte de valor antes de ir.

–¡Eso es porque no me siento cómoda cuando sé que voy a estar rodeada de gente famosa!

–Y eso es lo que me gusta de ti –murmuró Luiz. Le gustaban otros miles de detalles más, que tendrían que haberle hecho comprender lo que sentía por ella mucho antes. Se había portado como el tonto del pueblo; era inexcusable.

–¿De verdad? –Aggie, a su pesar, se aferró al cumplido.

–Quiero enseñarte algo.

Había poco tráfico y no tardaron en salir de Londres. Aggie recordó la última vez que había salido de Londres con él; nevaba y no había imaginado que ese viaje cambiaría su destino. Pero si pudiera revivir la experiencia, volvería a acostarse con él. Para bien o para mal.

–¿Qué? –preguntó con ansiedad.

–Tendrás que esperar para verlo.

–¿Adónde vamos?

–A Berkshire. No tardaremos en llegar.

Aggie calló, pero su mente no dejaba de dar vueltas, aunque no podía imaginar qué podía querer enseñarle fuera de Londres. Seguía haciendo cábalas cuando el coche se detuvo ante una pradera y él abrió la puerta.

–¿Qué hacemos aquí? –lo miró con asombro cuando la urgió a bajar y caminar sobre la hierba.

–¿Te gusta? –preguntó Luiz, mirándola.

–Es un prado, Luiz. Se respira paz.

–Sé que no te gusta que te compre cosas –farfulló él–. No sabes cuánto me cuesta resistir la tentación, pero me has enseñado que hay otras forma de expresar... lo que siento por ti. Diablos, Aggie. No sé si estoy haciendo esto bien. No sé hablar de sentimientos.

–¿Qué intentas decir? –Aggie miró su rostro, que tenía una expresión vulnerable.

–Algo que tendría que haber dicho hace mucho tiempo –la miró con inquietud–. Pero no fui consciente de ello hasta que me rechazaste. Aggie, me he estado volviendo loco. Pensando en ti. Deseándote. Preguntándome cómo seguir con mi vida. No sé si es demasiado tarde, pero no puedo vivir sin ti. Te necesito.

Aggie, asaltada por olas de esperanza, siguió mirándolo. Le estaba costando reaccionar. La cautela le exigía no aventurarse demasiado, pero su mirada empezaba a quitarle el sentido.

Luiz buscó coraje en el azul de sus ojos.

–No sé lo que sientes por mí –dijo con voz grave–. Te atraigo, pero eso no es suficiente. Con las mujeres, solo me he movido en el terreno sexual. ¿Cómo podía saber que lo que sentía por ti iba mucho más allá de la lujuria?

–Cuando dices «mucho más allá...».

–No sé cuándo me enamoré de ti, pero lo hice. Y, tonto que soy, he tardado mucho en darme cuenta. Espero que no demasiado. Mira, Aggie... –se pasó los dedos por el pelo y sacudió la cabeza como si quisiera ordenar sus pensamientos–. Estoy haciendo la mayor apuesta de mi vida, y espero no haberlo estropeado todo. Te quiero, y quiero casarme contigo. Puede que ahora no me quieras, pero te juro que tengo amor suficiente para los dos y algún día llegarás a...

–Shh –puso un dedo sobre sus labios–. No digas una palabra más –las lágrimas afloraron a sus ojos–. Rechacé tu propuesta de matrimonio porque no podía soportar la idea de que el hombre del que estaba..., estoy, totalmente enamorada, solo se comprometiera por obligación. No podía aceptar la idea de un esposo disgustado y resentido. Eso me habría roto el corazón cada día que estuviéramos juntos y por eso te rechacé –apartó el dedo y besó sus labios.

–¿Te casarás conmigo?

Aggie sonrió y se abrazó a su cuello.

–Ha sido una agonía verte y hablar contigo –confesó–. No dejaba de preguntarme si había hecho lo correcto.

–Bueno, me alegra saber que no era el único que sufría.

–Entonces, ¿me has traído hasta aquí para decirme que me querías?

–Para enseñarte esta pradera y esperar que fuera el mejor argumento para recuperarte.

–¿Qué quieres decir?

–Sé que no te gusta que te compre cosas –puso un brazo sobre sus hombros y la hizo girar para que mirara con él la extensión de hierba y árboles–. Así que compré esto para nosotros dos.

–¿Has comprado este terreno?

–Doce hectáreas con permiso para edificar. Hay que cumplir unas normas muy estrictas, pero podemos diseñar la casa juntos. Este iba a ser mi último intento para demostrarte que ya no era el tipo arrogante al que no podías soportar, que podía dejar de ser cuadriculado y que merecía la pena apostar por mí.

–Amor mío –Aggie se volvió hacia él–. Te quiero muchísimo –le habría gustado decir más, pero era tan feliz, sentía un júbilo tan intenso, que no podía hablar.

Su sonrisa escondía muchos secretos...

Arruinada, a punto de perder su casa y sola en el mundo, Lorelei St James era una heredera al borde del abismo. Sin embargo, ocultaba su desesperación detrás de una sempiterna sonrisa. El hecho de que un desconocido, muy atractivo por cierto, la reprendiera por su modo de conducir no iba a conseguir que se quebrara la fachada que tan cuidadosamente se había construido...

Nash Blue, el famoso piloto de carreras australiano, sabía un par de cosas sobre el orgullo y no tardó en ver a través de la elegante barrera que Lorelei había erigido para protegerse. Nash jamás se había escondido de los desafíos, pero estaba ante el mayor de todos: dejar al descubierto a la verdadera Lorelei St James.

Orgullo y ternura

Lucy Ellis

¡YA EN TU PUNTO DE VENTA!

Acepte 2 de nuestras mejores novelas de amor GRATIS

¡Y reciba un regalo sorpresa!

Oferta especial de tiempo limitado

Rellene el cupón y envíelo a
Harlequin Reader Service®
3010 Walden Ave.
P.O. Box 1867
Buffalo, N.Y. 14240-1867

¡Sí! Por favor, envíenme 2 novelas de amor de Harlequin (1 Bianca® y 1 Deseo®) gratis, más el regalo sorpresa. Luego remítanme 4 novelas nuevas todos los meses, las cuales recibiré mucho antes de que aparezcan en librerías, y factúrenme al bajo precio de $3,24 cada una, más $0,25 por envío e impuesto de ventas, si corresponde*. Este es el precio total, y es un ahorro de casi el 20% sobre el precio de portada. !Una oferta excelente! Entiendo que el hecho de aceptar estos libros y el regalo no me obliga en forma alguna a la compra de libros adicionales. Y también que puedo devolver cualquier envío y cancelar en cualquier momento. Aún si decido no comprar ningún otro libro de Harlequin, los 2 libros gratis y el regalo sorpresa son míos para siempre.

416 LBN DU7N

Nombre y apellido	(Por favor, letra de molde)
Dirección	Apartamento No.
Ciudad	Estado	Zona postal

Esta oferta se limita a un pedido por hogar y no está disponible para los subscriptores actuales de Deseo® y Bianca®.
*Los términos y precios quedan sujetos a cambios sin aviso previo.
Impuestos de ventas aplican en N.Y.

SPN-03

©2003 Harlequin Enterprises Limited

La dureza del diamante

HEIDI BETTS

Para el magnate de las joyas Alexander Bajoran no había retos imposibles... hasta que se encontró un bebé en su oficina con una nota diciendo que era su hijo. Solo había una mujer que pudiera ser la madre: Jessica Taylor, con quien un año antes había mantenido una breve aventura. Poco después Jessica se presentó en su casa, desesperada y arrepentida por haber abandonado a su hijo. Alex no estaba dispuesto a dejarla marchar con quien tal vez fuera su legítimo heredero. Pero al descubrir que Jessica estaba emparentada con su mayor rival en el negocio de las joyas, se preguntó si su embarazo habría sido realmente un accidente.

*¿Había ido desde el principio
detrás de su fortuna?*

¡YA EN TU PUNTO DE VENTA!

Bianca.

«Lo único que te pido es que compartas mi lecho».

Luca Barbarigo había esperado tres largos años, y al fin estaba preparado para vengarse de Valentina Henderson. Tras una inolvidable noche, ella lo había abandonado dejándole un montón de recuerdos subidos de tono y el escozor de la bofetada sobre su mejilla. Pero eso no era lo peor de todo. Tina se había jurado no volver a verlo nunca más, pero nadie podía dejar tirado a Luca Barbarigo. Por eso se vio obligada a enfrentarse de nuevo al hombre que la había destrozado, armada únicamente con su inocencia. ¿Cuál sería el precio a pagar por abandonarlo una segunda vez?

Boda en Venecia

Trish Morey